逗陣來唱囡仔歌(I)

台灣歌謠動物篇

康原／著　張怡嬅／譜曲

晨星出版

推薦序

台灣囡仔的歌‧台灣動物的故事

向陽

從事台灣囡仔歌推廣與創作已有十多年經驗的康原，早自一九九四年就由《自立晚報》出版《台灣囡仔歌的故事1、2》兩冊，一九九六年又由玉山社出版《台灣囡仔歌的故事》，到了二〇〇二年之後更是連連出版他創作的《台灣囡仔歌謠》、《台灣囡仔的歌》等書，可說是為台灣兒童文學界開拓了較少為人耕耘的台語創作囡仔歌的新路。記得我在為他的《台灣囡仔的歌》序文中，肯定他復活了台灣囡仔歌謠的特色，召喚了往昔台灣的集體記憶。如今康原再接再厲，以更加成熟的創作、更加具有系統的規劃，推出這本主要以動物為書寫對象的囡仔歌，寫飛禽，也寫走獸，鮮活地描摹了各種動物的特質、生態以及牠們和台灣土地的關係。透過康原的筆，透過歌謠意味濃厚、且能琅琅上口的囡仔歌創作，因而翻新了早前台灣囡仔歌的格局。

我讀康原這本囡仔歌集，處處充滿興味。康原寫厝鳥仔（麻雀）、南路鷹（灰面鵟）、卜卦鳥（繡眼畫眉）、望冬丟仔（灰頭鷦鶯）……等等台灣常見鳥類，以諧趣的童言，表現這些鳥類和庶民生活、台灣土地的關係，可以讓我們的孩子透過朗讀和歌唱，認識常見的鳥類之外，同時也對自然界中的飛禽充滿歡悅喜愛之情；康原寫家畜與走獸，如十二生肖、田嬰（蜻蜓）、水蛙（青蛙）、毛蟹（螃蟹）……等，也都充滿童趣，讓人愛讀，加上相關小典故和「動物知識通」、延伸故事的輔助，使得這本囡仔歌不只是兒歌創作，也具備動物知識小百科的教育功能，足見康原創作這些囡仔歌之際，不僅注重個人創作才華的表現，同時也寓有啟發孩童關愛台灣土地和動物的愛心。

創作囡仔歌不只需要才華、更需要童心童趣，康原的囡仔歌創作兩者均具，能讓讀者看到台灣常見野鳥、家畜、走獸的習性，也能讓讀者感知與我們生活圈相鄰的這些動物的生態；若從教育我們的孩童學習母語、運用母語的角度來看，這本書的囡仔歌詞除了標示台語漢字之外，也以教育部頒訂的台羅拼音標示注音，因此又可以是國中小學鄉土教學最佳的教材；加上相關台灣俗諺、童謠、歌謠的引申，也使本書內容豐富而多汁，對於引導我們的下一代了解台灣文化也有入門的功能。父母或教師在教導孩童的過程中，實際上也一兼二顧，重溫了童時舊夢、台灣典故。

我樂於向關心台灣文化和孩童教育的朋友推薦這本囡仔歌，也期待康原繼續創作，為台灣以及我們的下一代寫出更多可長可久的囡仔歌。

文化傳承的行動家

廖瑞銘（靜宜大學台灣文學系副教授）

文化ài保存、ài傳承，這是連囡á mā會曉hoah ê口號，m̄-koh,什麼是文化？·ài保存、傳承什麼文化？·beh用什麼方法去傳文化？·這tō會考倒師傅ah。康原不愛hoah口號，kui年thàng天lóng leh傳文化，四界演講、創作、寫文章，ta̍k年出冊，緊kah我bē赴kā伊寫序，實在真欽服伊。

以前，讀冊人kā「文化」當做是一種「優越kap文化價值ê表現」，是「人類想過、經驗過siōng美好ê事物」，後來chiah有khah實際ê講法——「人類全部ê生活方式」，包含生活中看會tio̍h ê kap看bē-tio̍h ê，有物質實體ê，mā有抽象ê精神、價值。Chiah-ê物件lóng用語言kā伊傳達、記錄落來，ta̍k項「物件」lóng leh講一個故事，chit-ê故事ē-tàng傳唱、傳說、刻tī石碑、表演出來、寫tī冊裡、甚至畫leh身軀頂，chiok-chē方式。好，咱講beh保存、傳承台灣文化，其實真簡單，就是kā以早咱台灣人ê世界kap生活方式用語言kā伊「再現」傳落來。康原tio̍h是一直leh做chit項khang-khòe。

康原是一個「彰化通」，對彰化ê歷史文化有真全面、通徹ê研究kap掌握，伊會曉透過無仝款ê路數、手法kā書寫落來，譬喻講，用一條步道講台灣文學史、順一條溪訴說沿岸ê風土kap人文故事、ē-tàng用相片講街頭巷尾ê社會百態、用台語詩配台灣百景圖像講台灣ê súi。Chit遍，I beh用囡仔歌來記錄、展現台灣ê鳥á、動物kap囡á趣味。

因為長期以來，康原lóng是tī民間走跳、採集資料，所以伊leh傳播chiah-ê文化知識，會用khah活跳ê語言、民間說唱ê節奏來表達，所呈現ê效果就比學院箍á khah吸引人。

Chit幾年，康原漸漸轉換台語書寫，因為伊發現母語書寫免經過「翻譯」，原汁原味，直接說情狀物，母語本身就是釘根tī土地ê文化，有性命。親像chit本冊所描寫ê每一隻鳥á、每一種動物lóng kan-nā生活tī lán ê四周圍，in-ê形影、聲音lóng是親切ê存在，m̄是冷冰冰、單調無味ê生物知識。用台語詩吸收自然知識，tī文化知識中學台語，這是語言、文學、文化三位一體的教育示範。咱thang講這m̄-nā是一本有味ê台語詩，mā是真好ê語文kap鄉土自然教材。

定定有人會質疑台語書寫ê必要性，認為語言只是溝通ê工具，ē-tàng表達意思，記錄事物tio̍h好ah，ná-tio̍h hiah堅持。相信若讀過康原chit本囡仔歌，你一定會改變想法，因為冊內每一首囡仔歌若kā翻譯做華語表達，tio̍h失去伊ê台灣味。咱chit塊土地有kah人無仝款ê生態環境、存在無仝款ê鳥隻動物，用屬於chit塊土地ê語言來傳說、記錄，就成做咱本土ê「文化物件」。康原用台語創作chit本囡仔歌，koh附帶活潑ê圖解說明，再一次展示伊用文學傳播本土文化ê功力。以上。

作者序

說諺語・唱歌謠・識台灣

康原

從一九九四年由《自立晚報》出版《台灣囡仔歌的故事1、2》兩冊後，中央圖書館的台灣分館策畫我的專題系列演講，筆者走進學校校園及各種圖書館與社團，展開〈傳唱台灣文化〉及〈說唱台灣囡仔歌〉為主題的演講，唱施福珍老師的歌謠，講我透過歌謠書寫的故事，獲得許多聽眾的迴響。

一九九六年玉山社也為我們出版《台灣囡仔歌的故事》，二〇〇〇年由晨星出版《囡仔歌教本》，玉山社的書獲得當年的金鼎獎之後，我也開始創作囡仔歌，二〇〇二年出版《台灣囡仔歌謠》、二〇〇六年出版《台灣囡仔的歌》，我曾在序文中說：「台灣囡仔歌是台灣人的情歌……有家鄉的風土味、童年的嬉戲記憶與成長過程的生活點滴……」筆者認為作家一定要以作品去傳遞生活經驗。

由曾慧青小姐譜曲的《台灣囡仔的歌》二十首歌，詩人向陽說：「台灣囡仔歌謠的特色，在康原筆下重新復活，台灣記憶也在這些作品中回到我們的心中。」廖瑞銘教授說：「吟唱這些詩歌，一邊回味詩中的農村畫面，一邊感受康原記錄這塊土地的節奏，是一種享受、一種幸福。」書推出之後也獲得很好的讚賞。

二〇〇七年八月四、五兩日，在彰化縣政府教育局及文化局的支持下，分別在員林演藝廳、彰化縣政府演藝廳，辦了兩場演唱會，也獲得聽眾的欣賞，媒體報導：「康原為傳承逐漸消失的農村經驗，也為了推展母語，將詩歌譜成兒歌來傳唱……慧青的曲加入西洋音樂的和聲、爵士曲風、古典音樂的風味，卻不離台灣鄉土味……」，演唱會之後，我還是努力的傳唱台灣。

今年我又推出以動物為描寫對象的歌謠《逗陣唱囡仔歌（一）》，這本書是以傳授小孩子在學習母語的過程中，除了學習語言之外，還要了解這些動物與人類的關係，長期生活在島上的動物，因與人有密切關係，也產生許多諺語，比如牛：就有「牛牽到北京嘛是牛、一隻牛剝雙領皮、牛聲馬喉、牛頭馬面……」以及摸春牛的台灣習俗等，都要透過唱歌的過程，讓孩子接觸台灣文化。

動物與生態教育有密切關係，本書除了文化層面的學習之外，還要讓學生認識動物的生態，因此在本書的編輯上，我們規劃：囡仔歌詞除漢字外，以教育部頒訂的台羅拼音來標示，請台語教師謝金色標音，方便學習閱讀，又有圖說與字詞註解，以及知識小詞典，並以鳥類實體照片輔助說明。並寫囡仔歌故事及典故，或其他延伸故事，用寫故事的方式，吸引小讀者或其他的閱讀者。本書歌曲由張怡嬅老師譜曲，精確的詮釋了歌謠中的情境。本書可以用聽鳥聲、說鳥諺、唱歌謠的形式，來認識台灣。使小孩能快樂學習語言、認識生態、了解文化並珍愛台灣。

譜曲者序

與您分享最美妙的音符

張怡嬅

在我的生命中，曾經被賦予很多不同的禮物，其中的一個會帶來喜悅的是「音樂」，感謝父母讓我從小就有學習音樂的機會，在我喜怒哀樂時總是一直陪伴著我。另一個禮物是這個作曲&編曲的機會，感謝康原老師將他的詩詞創作交賦予我譜曲&編曲，讓我更加深入瞭解台語詩詞的美妙。藉由這次出版的機會希望透過傳唱可以讓更多喜好音樂及台語詩詞的讀者，更了解我們台灣文化的內涵。

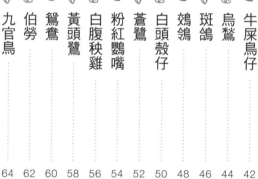

推薦序：台灣囡仔的歌．台灣動物的故事——向陽 2
推薦序：文化傳承的行動家——廖瑞銘 4
作者序：說諺語．唱歌謠．識台灣——康原 6
譜曲者序：與您分享最美妙的音符——張怡嬅 9

輯一．野鳥的歌

暗光鳥 16
青啼仔 18
厝鳥仔 20
南路鷹 22
貓頭鳥 24
燕仔 26
卜卦鳥 28
望冬丟仔 30
水鵁鴒 32
釣魚翁 34
白鴒鷥 36
黑喙筆仔 38
水鴨 40
牛屎鳥仔 42
烏鶖 44
斑鴿 46
鵁鴒 48
白頭殼仔 50
蒼鷺 52
粉紅鸚嘴 54
白腹秧雞 56
黃頭鷺 58
鴛鴦 60
伯勞 62
九官鳥 64

輯二・動物的歌

貓鼠 68
水牛 70
虎 72
兔仔 74
青龍 76
蛇 78
馬 80
羊 82
猴 84
雞 86
狗 88

豬 90
鵝 92
田嬰 94
水蛙 96
毛蟹 98
魚 100
貓 102
吉嬰 104
鴨眉仔 106
大象 108

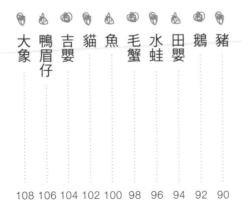

輯三・看樂譜唱囡仔歌

暗光鳥 112
青啼仔 113
厝鳥仔 114
南路鷹 115
貓頭鳥 116
燕仔 117
卜卦鳥 118
望冬丟仔 119
水鵁鴒 120
釣魚翁 121
白鴒鷥 122
黑喙筆仔 123
水鴨 124
牛屎鳥仔 125
烏鶖 126
斑鴿 127
鵁鴒 128
白頭殼仔 129
蒼鷺 130
粉紅鸚嘴 131
白腹秧雞 132
黃頭鷺 133
鴛鴦 134
伯勞 135
九官鳥 136

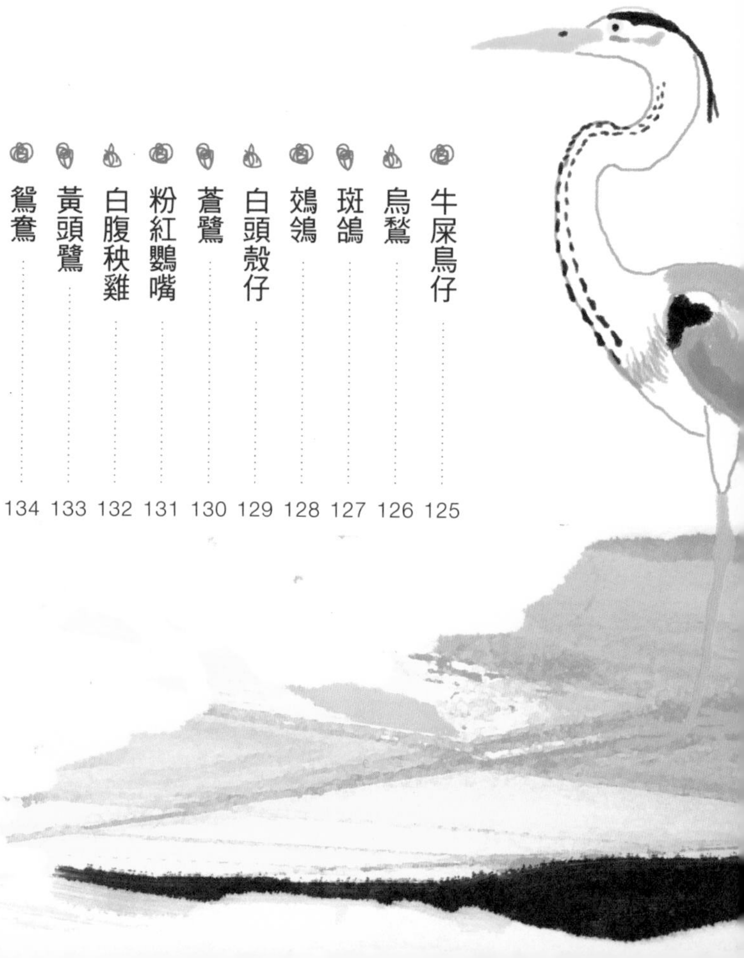

貓鼠 137
水牛 138
虎 139
兔仔 140
青龍 141
蛇 142
馬 143
羊 144
猴 145
雞 146
狗 147

豬 148
鵝 149
田嬰 150
水蛙 151
毛蟹 152
魚 153
貓 154
吉嬰 155
鴨眉仔 156
大象 157

輯一
野鳥的歌

暗光鳥

暗光鳥　三更半暝呱呱叫
兩蕊目睭　發紅光
漢寶園　做眠床
渡船頭　好梳妝
暗時　掠魚實在成好耍
日時的暗公鳥
睏恬白鴒鷥佃彼庄

Àm kong tsiáu

Àm kong tsiáu sann kinn puànn mî kua kua tsiáu
Nn̄g lúi ba̍k tsiu huat âng kng
Hàn pó hn̂g tsò bîn tshn̂g
Tōo tsûn thâu hó se tsng
Àm sî lia̍h hî si̍t tsāi tsiānn hó sńg
Ji̍t sî ê àm kong tsiáu
Khùn tiàm pe̍h lêng si in hit tsng

鳥類知識通

夜鷺，鄉間的人稱牠「暗光鳥」，這種鳥雙眼會發紅光，暗光鳥的頭上、背黑藍色有光澤，後頭有二至三根飾羽。翼、腰至尾羽鼠背面褐色。眼橙色或黃色，腹面污白色。在飛行時會發出「呱—呱—」的聲音。通常兩、三隻成小群出現在沼澤、溪流、魚塭等地帶。

1. 夜鷺於水邊等待覓食。
2. 夜鷺身上顏色融入於水波色彩中，具有保護作用。
3. 架得高高的夜鷺鳥巢，雄鳥在巢裡孵蛋。

字詞解釋

❖ **目睭**：眼睛。
❖ **掠魚**：捕魚。
❖ **好耍**：好玩。
❖ **𪜶彼庄**：牠們的樹林。

小典故

農人常道：「暗光鳥哮入山，笠仔棕簑提來幔，暗光鳥哮入海，笠仔棕簑坎狗屎。」這句話是說：如果暗光鳥叫著飛向山中，必定會下雨，所以要穿雨衣（棕簑），如果暗光鳥叫著飛向海邊，表示不會下雨了。這是農民聽鳥聲觀察氣象的一種方法。

我的故鄉漢寶村野鳥很多，被稱為野鳥的故鄉，暗光鳥常在魚塭與沼澤間出沒，在村落南邊有一片樹林，晚上是白鷺鷥的家，白天白鷺鷥出去覓食，暗光鳥就宿入這片樹林。如今我移居彰化市香山里，北邊不遠就是大肚溪，有一個聚落叫渡船頭，這個地區也有暗光鳥出沒。

野鳥與養殖的漁民，常常是衝突的關係，近年環境與河川的受污染，導致食物缺乏，這些覓食的暗光鳥，常跑到漢寶地區的魚塭或大肚溪口覓食，造成了漁民的損失，為了減少損失，漁民們利用魚網、夾子及各種捕鳥的方法，常使暗光鳥斷腳或被捕。

有些人慣於夜間工作，比如：作家、藝術創作者、在夜店工作的人，大家就會稱呼這種人為「暗光鳥」，這種稱呼是把「人」比喻成「鳥」。

做一個學生，要過著規律的生活，不能沉迷電玩或其他的夜間活動，被人謔稱為「暗光鳥」。

青啼仔　唱歌眞好聽
唱合學生無心晟
學校的樹林是歌廳
青啼仔的歌聲　合阮先生佇咧拼
先生上課眞大聲　教阮
綠袖（繡）眼　才是青啼仔的正名

Tshinn tî á

Tshinn tî á tshiùnn kua tsin hó thiann
Tshiúnn kah hȧk sing bô sim tsiânn
Hȧk hāu ê tshiū nâ sī kua thiann
Tshinn tî á ê kua siann kà gún sian sinn tī leh piànn
Sian sinn siōng khò tsīn tuā siānn
Lí sióo iân tsiah sī tshinn tî á ê tsiànn miâ

字詞解釋

❖ **無心晟**：沒有心情。

❖ **合阮**：和我。

❖ **佇咧拼**：在相比。此處意指鳥聲與人聲互比聲音大。

小典故

俗語說：「荒山出俊鳥。」其實不一定在荒山，我家後院有一片果園，常看到美麗的鳥兒出沒其間，有一種鳥有很多種叫法「青啼仔」、「青笛仔」、「青笛」、「青絲仔」，賞鳥人稱牠們爲「林間忘憂的綠精靈」。

青啼仔其頭及後頸、背羽及尾羽爲黃橄欖綠色，眼周圍白色，眼先黑色，喉至上胸黃色，綠色外表不易被天敵發現，達到自保的效果。綠繡眼有一付典型食蟲鳥的尖細嘴巴，食物除了昆蟲，還吃木瓜、果實，喜歡吸食花粉與花蜜，是雜食性鳥類。在春暖花開的季節，很容易看到牠以倒掛的方式，將嘴深入花朵吸食花蜜。會在停息點觀察過往昆蟲。喜歡生活在喬木的中、上層，融入樹林中，有時候在校園的樹林中活動，聲音「啾…啾…啾…啾」，叫聲常使學生精神不集中，所以歌詞中「青啼仔的歌聲 合阮先生佇咧拼」，有鳥聲與老師的教課聲互別苗頭的意味。

這種鳥的親鳥都會外出覓食，帶回來食物給幼鳥充飢，看到母鳥的慈愛，讓人想起親情的動人，鳥都如此了，萬物之靈的人類，也該如此吧！

1. 綠繡眼非常喜歡取食花蜜。
2. 綠繡眼喜食紅柿果子，一天可以吃掉一顆紅柿子。
3. 綠繡眼喜群聚，櫻花林是他們的最愛。

鳥類知識通

「綠繡眼」，在野鳥圖鑑中屬於「繡眼科」，鳴叫聲清脆悅耳，體態嬌小輕盈可愛。綠繡眼的鳥巢細小，常把巢築在細細的樹枝上，如遇強風鳥巢總是搖擺不定，常把幼鳥吹得七上八下。具有棄巢的自我保衛機制，一旦被人發現，或有潛在危險時，會放棄鳥蛋及鳥巢，或損壞鳥蛋、咬死雛鳥後，去另結新巢。鳥類對巢窩，有極度神經質及不安全感，對於靠近鳥窩的其他動物，常會表現過分焦慮或捨命攻擊。

厝鳥仔

厝鳥仔　啁啁哮
厝角頭　樹林內車糞斗
電線頂　嘛敢走
厝鳥仔　翼圓圓　腳短短
厝邊頭尾　黑白趖
世界各地　颺颺飛
厝頂尾　運動會
即款鳥仔　尚介濟
愛食稻仔穗
有人叫伊　稻鳥仔

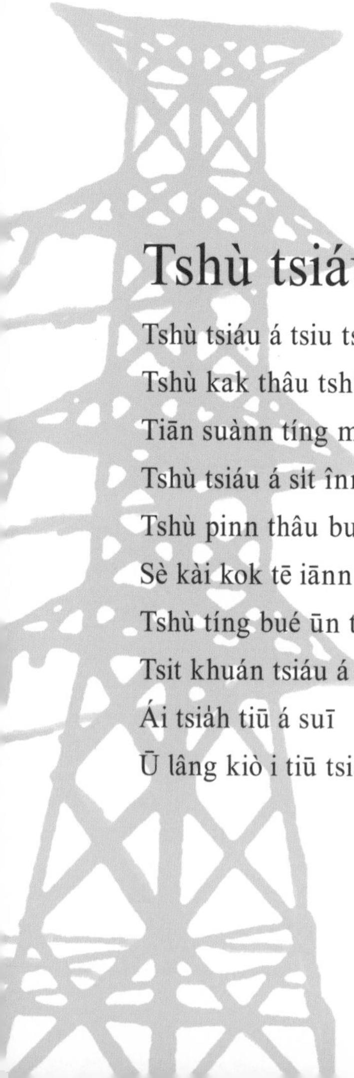

Tshù tsiáu á

Tshù tsiáu á tsiu tsiu háu
Tshù kak thâu tshiū nâ lāi tshia pùn táu
Tiān suànn tíng mā kánn tsáu
Tshù tsiáu á sit înn înn kha té té
Tshù pinn thâu bué oo pėh sėh
Sè kài kok tē iānn iānn pue
Tshù tíng bué ūn tōng huē
Tsit khuán tsiáu á siōng kái tsē
Ái tsiảh tiū á suī
Ū lâng kiò i tiū tsiáu á

字詞解釋

❖ **車糞斗**：翻筋斗。
❖ **嘛敢走**：也敢走。
❖ **黑白踅**：轉來又轉去。
❖ **颺颺飛**：滿天飛行。
❖ **即款**：這種。
❖ **尚介濟**：最多。

1. 麻雀喜歡群聚，不太怕人。
2. 這也是麻雀的生活點滴之一，呈現某一時刻的孤獨感。
3. 麻雀似乎展現著焦急的眼神。

小典故

厝鳥仔就是麻雀，喜歡棲息在住家附近，或樹林中、電線桿上，校園中的草皮上也可發現，成群在一起的時候總是吱吱喳喳叫著不停，若一群學生聚在一起講個不完，常會說他們是厝鳥仔，嘮叨不完。在城市居住的麻雀也吃人類丟棄的食物，也常在稻穀場吃農人的稻穀。在百科圖書中，看過一則毛澤東下令捕殺麻雀的事情。因麻雀吃稻穀影響農業生產，毛澤東下令「打麻雀運動」，發布麻雀爲農業四大害之一，就開始撲殺麻雀，沒想到沒有麻雀吃蟲，使農作物遭受到蟲害。

台灣有一句俗話說：「頭前追著厝鳥仔，後壁失去老雞母。」意思是因小失大，母雞的體積比麻雀大了好幾倍，但人往往爲了眼前的小利，而失去更好的東西，這是值得大家思考的一句話。

鳥類知識通

麻雀屬於文鳥科，鳴聲為嘈雜無旋律感的「吱吱喳喳」，頭上暗栗褐色，臉部灰白色，頰上黑斑非常醒目。腮、喉中央黑色，背面大致為褐色，有黑色縱斑，腰至尾羽灰褐色。嘴粗短，先端尖，呈圓錐形，翼短圓，腳短而有力。麻雀是雜食性鳥類，春夏季吃各種昆蟲，秋冬吃各種果食。

南路鷹

古早的清明　南路鷹
飛到八卦山頂
不幸　一萬死九千
半線的鄉親
實在眞僥倖
即馬的清明　南路鷹
飛到八卦山頂
看鷹的人親像大閱兵
欣賞　起鷹　落鷹
大人囡仔相爭走代先

Lâm lōo ing

Kóo tsá ê tshing bîng lâm lōo ing
Pue kàu Pat kuà suann tíng
Put hīng tsi̍t bān sí káu tshing
Puànn suànn ê hiong tshin
Si̍t tsāi tsin hiau hīng
Tsit má ê tshing bîng lâm lōo ing
Pue kàu pat kuà suann tíng
Khuànn ing ê lâng tshin tshiūnn tuā ua̍t ping
Him sióng khí ing lo̍h ing
Tuā lâng gín á sio tsinn tsáu tāi sing

字詞解釋

❖ **半線**：彰化的古地名，因平埔族半線社而得名。

❖ **僥倖**：有一點殘忍的性情。

❖ **即馬**：現在。

❖ **相爭走代先**：爭先恐後的奔走。

1. 灰面鵟喜停棲於大樹、大枝。
2. 大枝幹的大樹，是灰面鵟的停棲點。
3. 灰面鵟尾下腹羽一鬆開，是排遺之行為。

小典故

在彰化地區有句俗話說：「南路鷹一萬死九千」，這句俗語的來源是因爲每年清明節前後，南路鷹飛過彰化，會棲息在八卦山上，彰化地區有一些人會設下陷阱，捕捉南路鷹賣給日本當標本，才有這句話的產生。

《台灣通史》中記載：「每年清明有鷹成群自南而北，至大甲溪畔鐵占山聚哭極哀，彰人稱爲南路鷹。」在彰化因在清明節出現得名「掃墓鳥」，牠們棲息在樹林枝椏、墓園裡的碑上，這種個性溫和的鳥，可讓人們舉手觸摸牠。

南路鷹飛行時相當壯觀，賞鷹季節到時，八卦山上穿梭著許多賞鷹人潮，會有那麼多賞鷹人，是因爲彰化野鳥學會，每年三月辦理「鷹揚八卦」的賞鳥活動，宣導生態保護的觀念。依據鳥會的調查統計，每年飛過八卦山的南路鷹約有兩萬隻之多。但近年來彰化市東環道路開通之後，因車水馬龍影響南路鷹的棲息環境，因而最近有許多人投入生態保護活動，並且盡量阻止南路鷹棲息地被開發爲養豬場或垃圾場、遊樂場，希望這些南路鷹的棲息地，不會被破壞。

期待南路鷹到彰化來，不會再一萬死九千。

鳥類知識通

南路鷹又叫「灰面鵟」，頭上為灰褐色、背部褐中略帶紅色，尾羽灰褐色，有數條暗色橫斑。眉白色，頰灰色。喉白色，中央有一黑色縱斑，胸以下為白色，胸至腹密布橫斑，而腹部橫斑較稀疏。

貓頭鳥

貓頭鳥　啊　貓頭鳥
三更半暝呱呱叫
大目睭　活溜溜
暗時　親像會發光
短短耳仔像貓咪
汝會觀前閣顧後
貓頭鳥　汝真巧
希臘的雅典娜　愛汝
巧氣合伶俐的智慧
宓惦樹林內　掠山鼠

Niau thâu tsiáu

Niau thâu tsiáu ah niau thâu tsiáu
Sann kinn puànn mî kua kua tsiáu
Tuā ba̍k tsiu ua̍h liu liu
Àm sî tshin tshiūnn ē huat kng
Té té hīnn á tshiūnn niau bi
Lí ē kuan tsîng koh kòo āu
Niau thâu tsiáu lí tsin khiáu
Hi lia ê Athena ài lí
Khiáu khì kah ling lī ê tì hui
Bih tiám tshiū nâ lāi lia̍h suann tshí

字詞解釋

❖**貓頭鳥**：台灣統稱貓頭鷹皆爲貓頭鳥。

❖**雅典娜**：希臘女神雅典娜最愛的鳥是貓頭鳥，因爲牠是智慧的象徵。

❖**目睭**：眼睛。

❖**汝真巧**：你很聰明。

❖**宓怗**：躲在。

❖**掠山鼠**：抓山老鼠。

1. 鵂鶹的眼睛直視，耳羽不明顯。
2. 螳螂也是貓頭鷹的食物之一。
3. 黃嘴角鴞的耳羽較明顯。

小典故

台灣有句俗語說：「日時食鳥肉，暗時給鳥拍。」這句話說明貓頭鷹爲夜行性猛禽，晚上是牠的天下。

可在都會公園、校園或郊區發現貓頭鷹，這種鳥白天躲在樹林裡，不容易被發現。貓頭鷹於春夏季節的晚間，常會發出「悟——」的鳴叫聲，小時候聽到這種鳥叫「悟—悟—」的聲音，小朋友會隨口回應：「愛食紅龜……愛食紅龜……」到了冬天就較少聽到叫聲。

有人稱貓頭鷹爲「田園衛士」或「環保尖兵」，因爲牠會利用夜間捕抓危害農作物的山鼠，因此貓頭鷹算是有益於農民的鳥類。

傳說西方的世界，希臘女神雅典娜最愛的鳥是貓頭鷹，因爲這種鳥個性很機警又聰明，是智慧的象徵。

鳥類知識通

台灣統稱貓頭鷹為貓頭鳥，台灣可見物種包括領角鴞、鵂鶹、黃嘴角鴞等。夜行性猛禽，習慣於夜間覓食，以獵捕昆蟲、小鳥和小型哺乳類為食。

領角鴞頭型圓圓的像貓咪、眼睛橙黃色，身長二十五公分。繁殖期為三月至五月，築鳥巢於樹洞裡，每個鳥窩產二至五個卵，卵呈白色缺少光澤，形狀近乎圓形。

燕仔

燕仔　燕仔　是天仙
白燕仔若出現
仙女來到阮窗前
燕仔　雙雙對對來相隨
透早到暗　結做堆
黃昏　坅簷四界飛

Ínn á

Ínn á ínn á sī thian sian
Pe̍h ínn á nā tshut hiān
Sian lú lâi kàu gún thang tsîng
Ínn á siang siang tuì tuì lâi sio suî
Thàu tsá kàu àm kiat tsoh tui
Hông hun gîm tsînn sì kè pue

字詞解釋

❖**相隨**：跟在旁邊。

❖**透早到暗**：從早到晚。

❖**結做堆**：形影不離。

❖**坅簷**：屋簷下。

❖**四界飛**：到處飛。

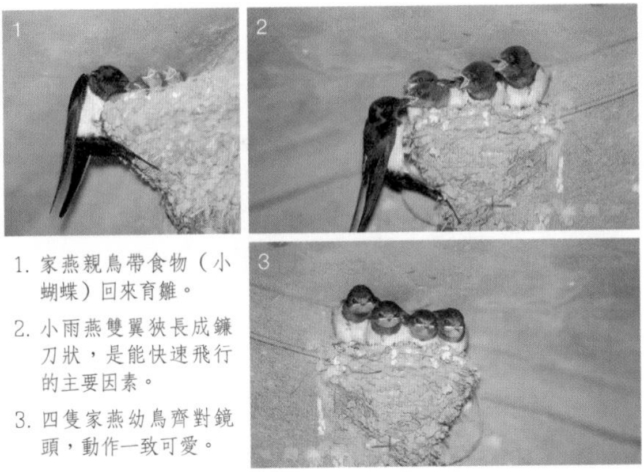

1. 家燕親鳥帶食物（小蝴蝶）回來育雛。
2. 小雨燕雙翼狹長成鐮刀狀，是能快速飛行的主要因素。
3. 四隻家燕幼鳥齊對鏡頭，動作一致可愛。

小典故

有一句話說：「蝙蝠不自見，笑他樑上燕。」其實這句話與台諺「龜笑鱉無尾溜」或「青暝笑目光」的含意是相同的。小雨燕常在屋簷下築巢，而蝙蝠也有這種習性。小雨燕很特別的是築巢時，會收集被風吹落的羽毛，或乾禾草片等材料，再混以唾液後黏貼成巢，因此我們常說：「燕子是以唾液來築巢的。」

有一則傳說：「……若孕婦看到白燕，就是一種吉祥的預兆，可生貴女，所以把燕名稱天女。」從天上來的天女當然稱「仙女」，因此，在本草綱目中寫著：「人見白燕，主生貴女。」

這種燕子築巢在屋簷時，據說會帶來平安幸福。這種燕子與人類十分相近，不僅國內如此，國外也是如此，在《自然界之規律》書中敘述：「土燕，巢於歐洲人家屋簷下，冬季則浸於水中，春天會再來。」因此，常會有人說：「燕子去了有再來的時候，時間去了怎麼不復回？」

鳥類知識通

燕子體型嬌小，全身大致為黑褐色，喉及腰有點白色，尾羽分叉成剪刀形，飛行的速度很快，翅膀像鐮刀，急速轉彎是運用拍翅的方法進行，常於黃昏時分飛行覓食。

小雨燕通常稱牠「燕仔」，屬於雨燕科，一生中除了孵卵和育雛外，絕大部分的時間在飛翔覓食，捕食飛行中的昆蟲，飲水、交尾也都在空中進行，夜間睡覺時亦以其鉤狀趾爪攀附在橋下、壁上、屋簷。

卜卦鳥

人攏叫伊　卜卦鳥
清脆的哮聲　好吉調
排灣族的靈鳥　繡眼畫眉
卜卦鳥　啊　卜卦鳥
來卜卦　好事來　歹事煞
平安無事　送乎我

Pok kuà tsiáu

Lâng lóng kiò lí poh kuà tsiáu
Tshing tshè ê háu siann hó kiat tiāu
Pâi uan tsok ê lîng tsiáu siù gán uā bî
Pok kuà tsiáu ah pok kuà tsiáu
Lâi pok kuà hó sū lâi pháinn sū suah
Pîng an bô sū sàng hoo guá

1. 桃花季節繡眼畫眉成對活動。
2. 林下落葉區的繡眼畫眉。
3. 春末桃子已近成熟，招引繡眼畫眉的停棲。

鳥類知識通

繡眼畫眉為台灣特有亞種，嘴黑色細，略微下彎，頭至後頸為灰褐色，眼眶為白色，頭側、眼上方處有較深的褐色條紋。腹部為黃褐色，平常鳴聲為嘈雜的「唧—唧—唧」，繁殖期前則會發出甜美的鳴唱。主要食物有果實、花蜜、小型昆蟲以及其幼蟲。鳴叫聲多變化。

字詞解釋

- **人攏叫伊**：人人稱牠。
- **哮聲**：鳥的叫聲。
- **好吉調**：吉利的預兆。
- **歹事煞**：不好的事不要降臨。
- **送乎我**：送給我。

小典故

在台灣民謠中，許丙丁寫過一首歌〈卜卦調〉，首段寫著：「手搖籤筒有三支嘿，要卜新娘啊入門喜，咿現在有身三月日嘿，包領會生莫嫌咿……」從歌詞中了解，台灣人的婚喪喜慶、生兒育女，常會去抽籤卜卦。

繡眼畫眉據說是屬於排灣族的靈鳥，是原住民主要的占卜鳥，因此有「卜卦鳥」之稱，當然，還有其他的鳥也可用來卜卦，小彎嘴也可用來卜卦，只是繡眼畫眉用得最多，因此與人的關係最密切了。他們用聽鳥聲來預測吉凶之運，鳥聲清脆是表示吉祥的象徵，急促的叫聲表示兇兆，若鳥聲哀淒就是大凶要臨頭，凡事就必須謹慎了。

有一些玩鳥的人，也可以依鳥的頭、嘴、眼、頸……等部位去看鳥的個性與好壞，因此有人就研究出一種〈畫眉相法〉，依照生物的觀點去品論畫眉鳥的好壞。看鳥相有句「不怕生壞身，最忌生壞眼」，看畫眉眼部的重要性，從鳥的眼睛可以推測其鳥性，比如有句話說：「打死大青眼，唱死黃臘眼，養死天白眼」，意思是說：「大眼睛的鳥好鬥，呈黃臘眼的鳥好唱，天白眼的鳥不唱也不鬥。」

不論卜卦，或玩鳥者看鳥相說鳥品，這些鳥都與人類息息相關。

望冬丟仔

草埔內　望冬丟仔
喵……喵……哮
聲若貓　身是鳥
卵失落著大聲哮
提欲死　提欲死
閣生無彼落卵
閣生無彼落卵
提欲死　提欲死
氣死汝著賠
氣死汝著賠
灰頭鷦鶯（華語）人人叫汝
望冬丟仔

Bāng tang tiu á

Tsháu poo lāi bāng tang tiu á
Ti ti háu
Siann ná niau sin sī tsiáu
Nn̄g sit loh tio̍h tuā siann háu
Thê beh sí thê beh sí
Koh sinn bôo hit loh nn̄g
Koh sinn bôo hit loh nn̄g
Thê beh sí thê beh sí
Khì sí lí tio̍h phé
Khì sí lí tio̍h phé
灰頭鷦鶯 lâng lâng kiò lì
Bāng tang tiu á

字詞解釋

❖ **失落**：丟掉了。

❖ **大聲哮**：大聲吼叫著。

❖ **提欲死**：拿鳥蛋的會死。

❖ **閣生無彼落卵**：再生沒有那種蛋。

❖ **氣死汝著賠**：氣死了你必須賠償。

小典故

望冬丟仔生性活潑好動，機警怕人，叫聲輕快婉轉，鳴聲習慣連續呼叫，由快速的高音逐漸降爲低音，常會叫「氣死汝得賠　氣死汝得賠」（台語發音）。台諺有云：「望冬丟仔生鶆鴞。」據說鶆鴞會把卵產在望冬丟仔的巢中，常會孵出鶆鴞來，才會有這句俗話的產生。

鳥類知識通

灰頭鷦鶯，俗名為望冬丟仔，常會單獨或三兩隻佇立於草莖上大聲地鳴唱，停棲時尾部會跟著鳴叫聲之旋律上下擺動，叫聲大致分為似貓叫聲的「喵—喵—」或「美—美—」，有時還會似羊叫的「咩—」。喜歡穿梭或低空飛行於草叢間，飛行時略呈波浪狀，尾巴會不斷地上下擺動，不善作長距離及高空飛行。主要以昆蟲為主食。繁殖期喜歡將巢築於芒草叢中，用細尖的嘴喙巧妙地將巢織成布袋形懸掛於繁密的芒草莖或灌叢上，故又名布袋鳥。

水鵁鴒

彼一工 佇田岸前
看著 水鵁鴒
紅冠水雞 佮介婧
浮恬水面翹尾錐
看像雞閣紅喙蝒
愛耍水 佝勢藏水沫
水鵁鴒 泅水翹尾錐

Tsuí ka līng

Hit tsit kang tī tshân huānn tsîng
Khuànn tio̍h tsuí ka līng
Âng kuàn tsuí ke siōng kài suí
Phû tiàm tsuí bīn khiàu bué tsui
Khuànn tshiūnn ke koh âng tsuì phué
Ài sńg tsuí siōng gâu tshàng tsuí bī
Tsuí ka līng siû tsuí khiàu bué tsui

字詞解釋

❖**彼一工**：那一天。

❖**上介媠**：最美麗。

❖**翹尾錐**：尾巴翹起來。

❖**紅喙䫌**：紅色臉頰。

❖**愛耍水**：愛玩水。

❖**尚勢藏水沬**：最會潛水。

1. 紅冠水雞於水邊覓食。
2. 紅冠水雞的腳爪長，較具浮力的植物尚可承載牠。
3. 一對情投意合的紅冠水雞。

小典故

紅冠水雞也有巢邊幫手的習性；第一代兄姊級的紅冠水雞長大後，仍然會留在族群裡幫忙餵食第二代的弟妹幼鳥，而達到分擔孵育的工作，猶如人的手足情深。這種巢邊幫手的生態習性，與台灣藍鵲的習性相似，令人感到不可思議。

在傳統唸謠中有一首「鵁鴒　鵁鴒，肉乎汝食。鵁鴒　鵁鴒，汝乎阮掠。」以前農業社會，沒有保護生態的觀念，常常把樹上的幼鳥抓起來玩，抓鵁鴒的方法就是用一條繩子，綁住一根小棒，托住米蘿的一邊，讓米蘿有一點傾斜，米蘿下面放一些稻米與碎肉，人就躲在一邊觀看，小鳥跑進去覓食時，把繩子一拉後，讓米蘿蓋住小鳥，就可抓到小鳥了。

鳥類知識通

紅冠水雞俗名為水鵁鴒，也有人稱牠紅骨頂、田雞仔、青腳仔、烏水雞等，頭像雞、身像鴨，嘴巴紅色尖端呈黃色，腳部也呈黃色。羽毛大都為黑色，腋下有白斑；尾巴兩側有明顯的橢圓形白斑，因此亦有「白屁股」之稱。

紅冠水雞，通常小群出現於溪畔、水田、池塘、沼澤、及有草叢的地方。很會游泳，游在水面時，常常翹起尾巴。要起飛時，會助跑一段距離後，貼在水面上飛行，通常飛行的距離不長。

聲音像喝水時的「咕ㄧ嚕、咕ㄧ嚕」聲，但聲音比較低沉。繁殖期的紅冠水雞愛爭風吃醋，打輸的一方便會退讓。

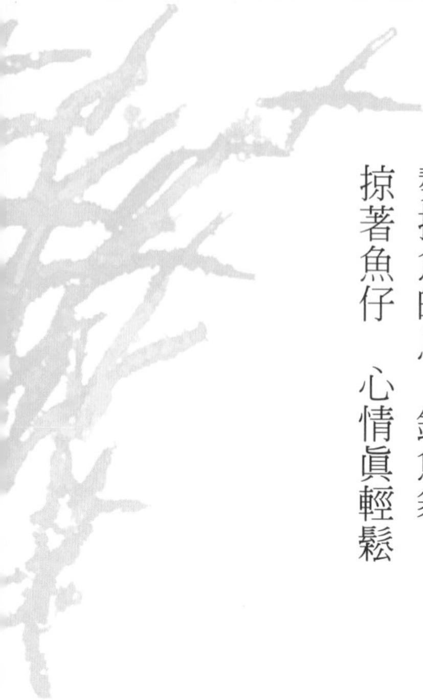

釣魚翁

翠鳥　翠鳥　身軀細細
眞乖巧　目睭金金
揣目標　衝入水底
釣魚　姿勢眞美妙
阮叫汝魚狗抑翠鳥
勢掠魚的鳥　釣魚翁
掠著魚仔　心情眞輕鬆

Tiò hî ang

Tshuì tsiáu tshuì tsiáu sing khu sè sè
Tsin kuai khiáu ba̍k tsiu kim kim
Tshuē bo̍k piau tshiong jip tsuí té
Tiò hî tsu sè tsin bí miāu
Gún kiò lí hî káu ia̍h tshuì tsiáu
Gâu lia̍h hî ê tsiáu tiò hî ang
Lia̍h tio̍h hî á sim tsîng tsin khin sang

字詞解釋

❖ **目瞷金金**：眼睛睜得大大的。

❖ **揣目標**：尋找捕獵的魚類。

❖ **勢掠魚**：很會抓魚。

❖ **掠著**：抓到了。

1. 溪流邊之橫躺枝條總是翠鳥喜愛停留之處。
2. 翠鳥成鳥（雌）。
3. 獵食到小魚的翠鳥。

小典故

網路上有這樣的一則故事，「有隻翠鳥對小貓說：『我的小寶寶都被孩子掏走了！』小貓不相信：『你的家在高陡土崖上很安全呀！』翠鳥說：『我們住洞穴，用堅硬的長嘴和銳利的雙爪挖洞爲家。鳥父親在孵育出小鳥後，完成責任了，撫養小鳥就落在鳥母親的身上。看著小鳥一天天長大，調皮好動，我怕若將窩做在很高的地方，萬一小鳥摔傷了怎麼得了！我就往低處做了一個窩搬了進去，沒想到就被小孩們抓走了。』」

小朋友，那些小鳥是不是你抓去的呢，鳥母親會傷心的，千萬不能抓小鳥，這樣才是一個好孩子。

有句俗諺說：「釣魚翁喙食魚」，翠鳥總是站在河岸邊或魚池旁的樹上，虎視眈眈的看著水中悠遊的魚，準備伺機抓魚。這種鳥喜歡在河溝旁邊築巢，但現代的河溝則多爲水泥所砌的牆，翠鳥很難找到繁殖下一代的地方了。

鳥類知識通

翠鳥因牠顏色翠綠，羽毛藍藍亮亮、尾巴短短，有粗粗長長專門用來抓魚的大嘴巴，鳥身有光彩亮麗的外型，因而得名「翠鳥」，牠們擅長在池中或溪流裡捉魚，而被取名為「魚狗」或「釣魚翁」。可見人們對這種鳥的特性有深入的觀察，為這種可愛的鳥類命名之前，費了相當的工夫觀察外貌與行為。

白鴒鷥

白鴒鷥　腳長長
尙愛　飛入溪底合田園
揣蟲　掠魚水中耍
歡歡喜喜　行入田中央
白鴒鷥　身白白
溪邊　水窟　四界踅
愛清氣　又閣好性地
田園　魚塭若家己的
白鴒鷥　喙黃黃
恁兜阮厝離無遠
塭仔底的魚未使損斷
若無　阮欲用網仔來加汝當

Pe̍h lîng si

Pe̍h lîng si kha tn̂g tn̂g
Siōng ài pue jip khe té kah tshân hn̂g
Tshuē thâng lia̍h hî tsuí tiong sńg
Huann huann hí hí khiânn jip tshân tiong ng
Pe̍h lîng si sin pe̍h pe̍h
Khe pinn tsuí khut sì kè se̍h
Ài tshing khì iū koh hó sìng tē
Tshân hn̂g hî un ná ka kī ê
Pe̍h lîng si tshuì n̂g n̂g
Lín tau gún tshù lî bô hn̄g
Un á té ê hî buē sái sńg tn̄g
Nā bô gún beh iōng bāng á lâi kā lí tng

1. 中白鷺獵食方式為邊走邊尋找獵物。

2. 大白鷺通常單獨活動。

3. 小白鷺抓魚之水光飛濺。

字詞解釋

❖ **尚愛**：最愛。

❖ **水窟**：水池。

❖ **四界踅**：到處轉。

❖ **塭仔底**：魚塭中。

❖ **未使損斷**：不能偷抓魚。

❖ **用網仔來加汝當**：設陷阱與魚網捕捉你。

小典故

從小就常聽到一首傳統唸謠：「白鴒鷥，車糞箕，車到溝仔墘，跋一倒，抾到兩仙錢，一仙買餅送大姨，一仙留咧欲過年。」還有人唸「白鴒鷥擔柳枝」或「白鴒鷥白溜溜」，這些歌詞都是耳熟能詳，鄉村白鴒鷥飛翔也是常見的景象。俗話說：「白鴒鷥卡緊討食，也無腳後肘肉。」這句話是說吃再多也長不出肉的意思。

鳥類知識通

通常我們所稱的白鴒鷥是一種冬候鳥，不管是大白鷺、中白鷺、小白鷺，通稱為白鷺鷥，小白鷺是分布最多的鷺科留鳥。白鴒鷥都是成群結隊地在草澤、稻田、潮間帶活動，以魚、蝦為主食，活動率高，常見拍翅飛躍的捕食畫面，或是，以腳在水中擾動，伺機啄取受驚嚇的魚蝦。

黑喙筆仔

黑喙筆仔　澎風龜
熱天　愛洗身軀
看著人　噗　噗　噗
躦入草埔宓真久
黑喙筆仔　閣叫斑文鳥
定定乎人　掠了了
放生後閣掠來賣
黑喙筆仔應該叫汝　放生鳥

Oo tshuì pit á

Oo tshuì pit á phòng hong ku
Jua̍h thinn ài sé sìn khu
Khuànn tio̍h lâng phu phu phu
Tsn̍g ji̍p tsháu poo bih tsin kú
Oo tshuì pit á koh kió pan bûn tsiáu
Tiānn tiānn hōo lâng lia̍h liáu liáu
Hòng sing āu koh lia̍h lâi buē
Oo tshuì pit á ing kai kiò lí hòng sing tsiáu

1. 一群斑文鳥於芒花上覓食、休息。
2. 斑文鳥喜群聚於芒花上，也吃食芒花種子。
3. 覓食中短暫休息是斑文鳥的習慣

字詞解釋

❖ **澎風龜**：很會吹噓的個性。
❖ **洗身軀**：洗澡。
❖ **宓真久**：躲很久。
❖ **定定乎人**：常常被人。
❖ **掠了了**：抓得一隻也不剩。
❖ **閣掠來賣**：再抓來賣。

小典故

有一段日子宗教團體流行放生的活動，黑喙筆仔常大量被捕捉，賣給了鳥店，鳥店再賣給宗教團體去放生，在一捉一放間，這種鳥總會受到傷亡，那些放生的環境常常不適合這種鳥居住，田野間已經很難見到這種鳥的蹤影。

鳥類知識通

斑文鳥和麻雀同屬文鳥科，在台灣為常見的留鳥，斑文鳥的頭、臉、頸背及尾部均為栗褐色。嘴粗短，呈銀鉛色或鉛灰色，被一般人稱做「黑喙筆仔」。喉部黑褐色，而成鳥由胸部以下到腹部密布褐色鱗狀斑紋十分醒目，幼鳥則無此鱗斑。斑文鳥多成群出現在平地、稻田、草叢、荒地、農耕地帶，平時以啄食禾本科植物的種子、果實或草籽為主食；但繁殖時期之育雛則一律以昆蟲餵食幼鳥。飛行呈密集隊形，但速度不快，並發出輕柔似哨音之「噓—噓—」的鳴聲。

水鴨

西伯利亞　飛來的水鴨
毋知死　未驚拍
溪仔來行踏
鴨公愛婧　人人知
鴨母上陸來
搖搖擺擺眞可愛
上驚乎人掠去剖

Tsuí ah

Siberia pue lâi ê tsuí ah
M̄ tsai sí buē kiann phah
Khe á lâi kiânn ta̍h
Ah kang ài suí lâng lâng tsai
Ah bó tsiūnn lio̍k lâi
Iô iô pái pái tsin khó ài
Siōng kiann hōo lâng klia̍h khì thâi

1. 小水鴨成鳥（雄）。
2. 小水鴨成鳥（雌）。

字詞解釋

❖ **毋知死**：不知死期到了。
❖ **未驚拍**：不怕被打。
❖ **行踏**：來散步。
❖ **鴨公愛媠**：公鴨愛美麗。
❖ **上驚乎人**：最怕被人。
❖ **掠去刣**：抓去殺掉。

小典故

小水鴨像鴨子，生活於岸邊，善於在水面上游泳，喜歡有植物茂密生長的水池及沼澤。冬天會出現在鹹水性的濕地，或則出現在海岸，這種有蹼的鳥擅划水，上到陸地來，走起路來一搖一擺。小水鴨非常合群，常會看見數千隻水鴨在海邊或湖面悠游，受干擾時可瞬間從水面彈起飛離，是飛行非常快速的鴨子。

不幸是常會被捕捉供進補食用，有時候因環境大量使用農藥，常常受到無妄之災，失去了生命。

鳥類知識通

小水鴨屬於冬候鳥中的小水禽，每年的九月到翌年四月，可在大肚溪南岸的渡船頭發現。夏秋時，牠們剛到台灣時身上的羽毛為灰褐的飛行羽，屬於冬羽，不易辨別雌雄。之後，雄鴨會換上鮮豔的繁殖羽，眼睛周圍的羽毛為暗綠色，延伸到後方，就像戴上綠色的眼罩，外緣還帶有白色細邊。背部灰色，有暗色細紋。胸部呈現灰白夾雜的斑紋狀，臀部有三角形的黃色區塊。飛行時，翼鏡綠色，上下緣白色。雌鴨則全身灰褐色，羽緣淡色，較不醒目，有細細的黑色過眼線。

牛屎鳥仔

細漢時　看著汝
佇大路頂啄烏龜的牛屎鳥
阮攏想袂曉
是安怎汝愛食牛屎？
白鶺鴒著是牛屎鳥
披一條烏色的巾仔
隨著海湧的波動
飛來閣飛去
汝敢是閣咧揣
阮兜彼隻水牛
製造　燒燒閣軟軟的
烏龜粿？

Gû sái tsiáu á

Sè hàn sî khuànn tio̍h lí
Tī tuā lōo tíng tok oo ku ê gû sái tsiáu
Gún lóng siūnn buē hiáu
Sī àn tsuánn lí ài tsia̍h gû sái
Pe̍h tsit lîng tio̍h sī gû sái tsiáu
Phi tsi̍t tiâu oo sik ê kun á
Suî tio̍h hái íng ê pho tōng
Pue lâi koh pue khì
Lí kám sī koh leh tshuē
Gún tau hit tsiah tsuí gû
Tsè tsō sio sio koh nńg nńg ê
Oo ku kué ?

字詞解釋

❖**佇大路頂**：在馬路上。

❖**烏龜**：牛屎圓圓的形狀如一隻烏龜。

❖**黑色的巾仔**：胸部的黑色橫帶如一條圍巾。

❖**海泳的波動**：飛行時呈波浪狀忽高忽低如海浪。

❖**閣咧揣**：又再尋找。

❖**烏龜粿**：把牛屎想成龜形的粿。

1. 白鶺鴒也是跟人類生活很密切的鳥種之一。
2. 白鶺鴒棲息於平地至低海拔之淺水區域。
3. 白鶺鴒喜濱水活動。

小典故

小時候在鄉下，小孩子不會讀書，大人就會講：「書讀不好以後就去拾牛屎、豬屎。」這兩種動物的糞便，令孩子感到有一點骯髒，當時聽到有一種鳥叫「牛屎鳥仔」，感覺很特別，以爲那種鳥的形狀像牛屎。後來知道這種鳥因爲喜歡吃牛屎而得名。

後來出去放牛，特別注意牛大便，當牛大便落地，形成一團如烏龜粿，馬上就飛來一些小鳥，啄著牛糞，當時覺得這些小鳥非常骯髒，後來有一位老師告訴我：水牛吃下青草，這些草中有一些蟲蛋，被吞到牛的腸胃裡，蟲蛋經過了孵化後，隨著糞便排出體外就成了牛屎，這種白鶺鴒鳥會在新鮮的糞便裡，尋找寄生蟲啄食，來求得溫飽。漸漸的台灣的鄉親們，便給牠們起了「牛屎鳥仔」這個名字。

鳥類知識通

白鶺鴒大多出現在平均或低海拔的水域，以昆蟲為主食。飛行時呈波浪狀忽高忽低，並隨著振翅的節奏發出「唧、唧、唧」的叫聲；休息時細長的尾巴會不停地上下擺動。

白鶺鴒屬於本島常見的鳥，部分是在本島繁殖的留鳥，部分為冬候鳥，而黃鶺鴒則是冬候鳥。

烏鶖

烏鶖　烏鶖　勢喝咻
咬　吱鳩—　咬　吱鳩—
細漢　食飯攪豆油
大卷尾　著是烏鶖
烏鶖　烏鶖　長尾溜
目睭溜溜秋秋
尙愛徛惦樹仔尾溜
烏鶖是皇帝　厝鳥仔是腳架

Oo tshiu

Oo tshiu oo tshiu gâu huah hiu
Kā ki kiu— kā ki kiu—
Sè hàn tsia̍h pn̄g kiáu tāu iû
Tuā kńg bué tio̍h sī oo tshiu
Oo tshiu oo tshiu tn̂g bué liu
Ba̍k tsiu liu liu tshiu tshiu
Siōng ài khiā tiàm tshiū á bué liu
Oo tshiu sī hông tè tshù tsiáu á sī kha kè

字詞解釋

❖ **喝咻**：很會大聲小聲呼叫著。

❖ **細漢**：小時候。

❖ **食飯攪豆油**：吃飯時在飯上拌一些醬油。

❖ **目睭**：眼睛。

❖ **溜溜秋秋**：眼力很靈光。

❖ **尚愛站怗**：最愛站在。

1. 大卷尾觀察四周昆蟲的動靜。
2. 高點是大卷尾尋找獵物的絕佳位置。
3. 大卷尾成鳥。

小典故

「烏鶖」的學名叫大卷尾，讓人聯想出牠的尾巴很大吧！若叫烏鶖會想到這隻鳥，一定是全身羽色漆黑。這種鳥羽毛很有光澤，尾羽很長末端寬闊又分成兩叉；尾部呈魚尾狀，有助於飛行。因為翹起的長尾巴，才叫牠做大卷尾。

雖然大卷尾體型並不大，在羽翼世界中，牠們的性情凶猛，我們小時候在鄉下的田野間，常被烏鶖追啄著，烏鶖飛行技巧高超，常常將猛禽打得落荒而逃，尤其小小的麻雀毫無招架之力，因此才會產生「烏鶖是皇帝／厝鳥仔是跏架」的俗語，烏鶖稱王，麻雀就是牠們的馬前卒。

小時候聽烏鶖叫著：「咬 吱鳩— 咬 吱鳩—」時，我就會隨口答著說：「食飯攪豆油。」人與鳥對唱也是生活中的趣味。

鳥類知識通

大卷尾以昆蟲為主食，蜻蜓、煌蟲、金龜、蚊子、蒼蠅等均為其食物，為農夫的好幫手。常築巢於林緣的高樹間或電線桿上，以芒草的穗、禾草纖維為材料，築成牠們如城堡般堅實的碗形巢。通常單獨或成群出現於平地至低海拔之樹林、竹林之上層。常停棲於電線、牛背上，亦常於剛犁過之農地上啄食。

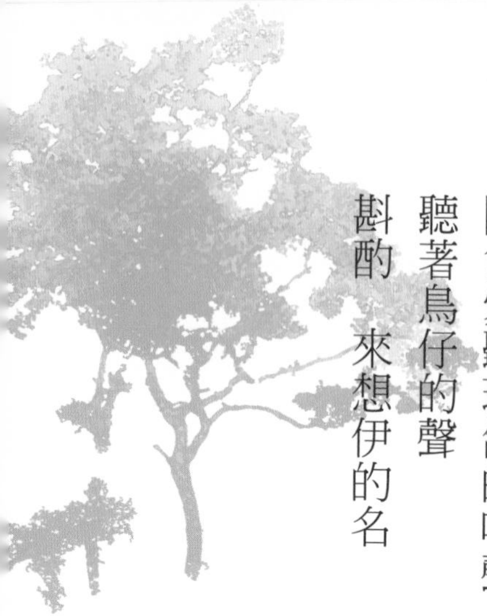

斑鴿

透早起床　聽著斑鴿聲
咕咕　咕咕　咕咕咕
細漢　阮將粉鳥看做斑鴿
將　鷓鴣看做烏鴉
紅鳩是斑鴿的名
阮尚愛聽斑鴿的哮聲
聽著鳥仔的聲
斟酌　來想伊的名

Pan kah

Thàu tsá khí tshn̂g thiann tio̍h pan kah siann
Ku ku ku ku ku ku ku
Sè hàn gún tsiong hún tsiáu khuànn tsoh pan kah
Tsiong tsià koo khuànn tsoh oo ah
「Âng kiu」 sī pan kah ê miâ
Gún siōng ài thiann pan kah ê háu siann
Thiann tio̍h tsiáu á ê siann
Tsim tsiok lâi siūnn ī ê miâ

字詞解釋

❖ **細漢**：小時候。

❖ **阮尚愛**：我最愛。

❖ **哮聲**：鳥叫聲。

❖ **斟酌**：仔細。

❖ **想伊的名**：想牠的名字。

1. 天氣酷熱，紅鳩喜歡直接泡入水中涼快。
2. 綠鳩全身綠，保護色極優。
3. 珠頸斑鳩棲息於林中，亦常於地面上活動。

小典故

小時候常常分不清「粉鳥」（鴿子）與「斑甲」（紅鳩）的差異性，但這兩種鳥有時候會在一起搶食，還記得有一首詩：「粉鳥出世成斑甲，鵰鴞出世成烏鴉，天下歹子免人教，姻緣注定是無差。」每次在想到這兩種鳥，就會想起這首七字詩歌，仔細去揣摩歌中的含意。

斑甲常常可以發現在公園裡、農田田埂上和有樹林的校園中。仔細去觀察紅鳩，雄、雌在一起，就可看到牠們是校園中恩愛的夫妻，紅鳩先生和紅鳩小姐如相互有愛意，紅鳩先生將羽毛鼓的膨鬆，喉部發出「咕咕咕—」的聲音，向紅鳩小姐表示愛意，經過求偶、交配、下蛋、抱卵、育雛一直到雛鳥長大，紅鳩夫婦是一起輪流完成的，這種夫妻鳥可以做爲人類恩愛的楷模。

我還聽過楊宗緯唱過一首歌〈鴿子〉，首段是這樣唱的：「我們是想飛向藍天的鴿子／確定方向不會迷失／跟著快樂王子／一起尋找幸福的地址……」以鴿子來比喻人，每個人出生後都在找尋幸福的生活，歌星唱出自己心中的盼望與期待。

鳥類知識通

一般稱呼斑頸鳩、紅鳩為「斑甲」，而紅鳩的嘴是黑色，雄鳥的頭至頸部為鼠灰色，後頸有黑色頸環。背部、胸至上腹淡葡萄紫色，飛羽黑色，末端白色。雌鳥大致似雄鳥，但後頸黑色頸環外緣白色，背、肩羽褐色較濃、呈灰褐色，腹面羽色較淡，外型特徵為嘴黑色。牠們以植物性食物為主，但也吃小昆蟲。常築巢在樹上，以樹枝為材料築淺盤形鳥巢。

鵁鴒

八哥　人人叫汝是鵁鴒
學人講話　汝上興
尙愛　翁姨順句尾
阮一句長　汝一句短
淡薄仔　粗魯的哮聲
啊—　啊—　啊—
鵁鴒啊　歹鳥毋知飛
歹人　愛學話弄是非

Ka līng

Pat ko lâng lâng kiò lí sī ka līng
Òh lâng kóng uē lí siōng hìng
Siōng ài âng î sūn kù bué
Gún tsit kù tn̂g lí tsit kù té
Tām po̍h á tshoo lóo ê háu siann
A̍h— a̍h— a̍h—
Ka līng a̍h pháinn tsiáu m̄ tsai pue
Phài lâng ài o̍h uē lōng sī hui

字詞解釋

❖**汝上興**：你最喜歡。

❖**尚愛**：最愛。

❖**翁姨順句尾**：有一種算命的人稱爲「翁姨」，這種人會觀察被算命的人，順著被算命的人講的話去講，就是「順句尾」。

❖**淡薄仔**：有一點點。

❖**啼聲**：鳥的叫聲。

1. 泰國八哥生性吵雜好動。
2. 泰國八哥常停於電線桿或牛背上。

❖**歹鳥毋知飛**：笨鳥不知道要飛行。

❖**弄是非**：搬弄是非。

小典故

「八哥」這種鳥有人稱牠爲「加令」，在飛行過程中兩翅中央有明顯的白斑，從下方仰視，兩塊白斑呈「八」字型，這也是八哥名稱的來源，兩塊白斑與黑色的體羽形成鮮明的對比，也是八哥的一個重要辨識特徵。

這種鳥善於模仿人講話，有很多人喜歡飼養，聽說有一些養鳥的人將八哥的舌根剪掉，使牠能說更長的人話來取悅主人。彰化縣野鳥學會的廖世卿曾經告訴我說：「有一個養八哥的人，將八哥的舌頭剪斷後，八哥學了許多人的話語，有一天跑出去了，卻因爲牠的語言已不是鳥語了，許多小鳥都離牠遠去了。」或許牠因語音已不同，驚走了同類的鳥兒。

此歌謠用來告訴小孩，不能人云亦云，要有自己的看法與想法。另外，更不能亂傳話、搬弄是非，這樣才是一個好孩子。

鳥類知識通

八哥這種鳥全身呈黑色，初看起來像烏鴉，但與烏鴉有著顯著的不同，八哥的體形較烏鴉小，八哥喙足均為鮮黃色。在喙與頭部的交接處，有著明顯的額羽，細看頭頸部的體羽，黑色有綠色的金屬光澤閃動，初級覆羽和初級飛羽的基部均為白色，尾羽端部白色。

白頭殼仔

白頭殼仔　白頭殼仔　勢喝咻　喝欲食
巧克力—　巧克力—
喝甲頭毛白的　白頭翁
栗鳥仔　青啼仔合白頭殼
人攏稱乎伝是
都市三劍客
愛食水果楊桃合「番茄」（華語）

Pe̍h thâu khok á

Pe̍h thâu khok á pe̍h thâu khok á
Gâu huah hiu huah beh tsia̍h
Khiáu khik li̍k— khiáu khik li̍k—
Huah kah thâu moo pe̍h ê pe̍h thâu ong
Li̍k tsiáu á tshinn tî á kah pe̍h thâu khok
Lâng lóng tshing hōo i̋n sī
Too tshī sann kiàm kheh
Ài tsia̍h tsuí kó iûnn thô kah「huan tshê」

字詞解釋

❖ **勢喝咻**：很會叫喊。

❖ **喝欲食**：喊著想吃東西。

❖ **喝甲**：喊到。

❖ **頭毛白**：白頭髮。

❖ **人攏**：人人都。

❖ **稱乎恁**：稱呼你們。

1. 雖然李子尚未成熟，還是引來白頭翁的停棲。
2. 白頭翁一早即來吸食「花露水」。
3. 春季刺桐花上的白頭翁成對活動。

小典故

白頭翁俗稱「白頭殼仔」，在牠們的頭頂上有塊大白斑而名，以昆蟲、果實爲主食，農夫爲了防止牠們吃果實，常在果園旁架設鳥網，許多白頭翁都死於鳥網。

白頭翁和麻雀、綠繡眼並稱爲「城市三俠」，白頭翁跟麻雀一樣，生來就非常活潑好動，整天在枝頭間跳來跳去，好像吃了興奮劑精力無限。別看牠小小的身子，一旦展開牠的喉嚨，開唱起來，可以擾人清夢。白頭翁有一種長得和牠很像的親戚，叫「烏頭翁」，牠只有頭頂是黑色的，其餘特徵都和白頭翁很類似，是台灣的特有種，只分佈在台東、花蓮和恆春半島。白頭翁的族群數量很多，連在人口稠密的都會區，也常可在行道樹上發現牠們的蹤跡。

鳥類知識通

白頭翁頭至頸部為黑色，後頭部有一大塊白斑，眼後也有一塊白斑，胸部呈淡褐色。腹部為白色。翼面呈黃綠色。

白頭翁在台灣西部平原至低海拔山區，是最常見的鳥種之一，牠們多半棲息在市區公園、庭院、以及鄉間的樹林、農田、開墾地等環境中，除了夏天的繁殖期之外，都是三五成群地活動。

牠的叫聲相當嘹亮，「巧克力—巧克力—」的叫個不停，尤其在每年三、四月繁殖期，其音色變化最多。

蒼鷺（華語）

叫做海徛仔的　蒼鷺（華語）
頭夯夯　水底徛
魚仔泅過來伊著掠
喙管黃黃　身軀瘦瘦
長長的頷頸仔有黑斑
美麗島　過冬尙介讚

Tshong lōo

Kiò tsoh hái khiā á ê tshong lōo
Tâu giâ giâ tsuí té khiā
Hî á siû kuè lâi i tio̍h lia̍h
Tshuì kóng n̂g n̂g sing khu sán sán
Tn̂g tn̂g ê ām kún á ū oo pan
Bí lē tó kuè tang siōng kái tsán

1. 蒼鷺會靜靜的站在淺水中，注視水中生物動靜。
2. 蒼鷺捕魚。
3. 小白鷺和蒼鷺搶食。

字詞解釋

❖ **頭夯夯**：仰起頭來。
❖ **水底徛**：站在水中。
❖ **伊著掠**：牠就抓。
❖ **喙管**：嘴管。
❖ **尚介讚**：最好的。

小典故

蒼鷺的俗名叫做「海徛仔」、「田徛仔」，喜歡站在海中或田裡仰首張望。

每年秋天從北方飛到南方來過冬，牠們對於活動的場地非常依戀，除非受到外來的干擾，否則整個渡冬期都可以在同一個區域看到牠們的蹤影。

蒼鷺的身材是巨大的，比大白鷺還要大，是濕地沼澤中的巨無霸，由於蒼鷺碩大的體型，動作上自然有點遲緩，站立在鷺鷥群之中，顯得特別的搶眼。有一首台語詩〈蒼鷺〉是這樣描寫的：「蒼鷺親像老神仙／孤單恬恬企水邊／翼若展開眞優雅／慢慢飛啊飛上天」這首詩在詠嘆蒼鷺的動作緩慢，但當牠展開翅膀時，便現出優雅的神情，緩緩地乘風翱翔。

鳥類知識通

蒼鷺嘴喙黃色，全身羽毛大致為灰色，頭側及頭枕有黑色飾羽，前頸白羽有二至三條黑色縱斑，飛行時翼上覆羽鼠灰色，翼端之初級飛羽黑色，這些特徵都是觀察蒼鷺的要點。

主要食物為魚、蝦，也會獵食蛙、蜥蜴、鼠，甚至小型鳥。

粉紅鸚嘴

頭圓圓的　粉紅鸚嘴
緣投仔　個性眞龜精
毛粉粉紅紅的喙像鸚
恬佇　八卦山
靠果子合蠓仔維生
歸工欣賞好光景

Hún âng ing tshuì

Thâu înn înn ê hún âng ing tshuì
Iân tâu á kò sìng tsin ku tsing
Moo hún hún âng âng ê tshuì tshiūnn ing
Tiàm tī Pat kùa suann
Khò kué tsí kah báng á uî sing
Kui kang him sióng hó kong kíng

1. 梨樹園裡粉紅鸚嘴成對活動。
2. 粉紅鸚嘴會帶蟲蟲回來給雛鳥吃。
3. 粉紅鸚嘴成鳥。

字詞解釋

❖ **緣投仔**：英俊瀟灑。
❖ **龜精**：鬼精靈。
❖ **恬佇**：住在。
❖ **蠓仔**：蚊子。
❖ **歸工**：整天。

小典故

粉紅鸚嘴又名「緣投仔」、「圓頭」，也有人叫「花眉仔」。可能是頭圓圓，唸成閩南語的「緣投仔」，因此在鄉野間許多人就這樣叫喚牠。文獻記載著清朝的光緒年間，沈茂陰撰《苗栗縣志》中提到：「圓頭，色黃，一名黃頭；善鬥。」說明了粉紅鸚嘴的頭型圓圓的，個性好鬥。

「緣投仔」有張又短又鈍略微下鉤的喙，就像鸚鵡嘴巴一樣，因此得名「鸚嘴」。看到這種鳥，爲牠寫一首七字詩歌：「緣頭鳥仔展本領／尙愛草埔車博反／愛恬佇八卦山頂／飛懸飛低算未清。」

鳥類知識通

粉紅鸚嘴，為台灣特有亞種，背至尾上覆羽、翼上覆羽橄褐色，尾羽飛羽暗褐色，臉部、頸側、喉至上胸粉紫紅色，下胸以下淡黃色。

在台灣為分在於平地至中海拔山區普遍的留鳥，在梨山海拔兩千多公尺高地亦有觀察記錄。經常成群出現在平地、草叢、竹林、甘蔗園或灌木叢等處覓食。以草籽或昆蟲為主食。

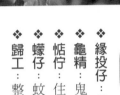

白腹秧雞

做田人娶一個後某
後某欲佔財產　用心晟
害人無害己　害著家己死
死鬼掠去親子兒
後母傷心吐血綴子去
變做一隻鳥　人攏叫這隻
吐血鳥　哮出
苦啊—　苦啊—　苦未了
吐血鳥

Pe̍h pak ng ke

Tsoh tshân lâng tshuā tsi̍t ê āu bóo
Āu bóo beh tsiàm tsâi sán iōng sim tsiânn
Hāi lâng bô hāi kí hāi tio̍h ka kī sí
Sí kuí lia̍h khì tshin kiánn lî
Āu bú siong sim thòo hueh tuè kiánn khì
Piàn tsoh tsi̍t tsiah tsiáu lâng lóng kiò tsi̍t tsiah
Thòo hueh tsiáu háu tshut
Khóo a̍h— khóo a̍h— khóo buē liáu
Thóo hueh tsiáu

字詞解釋

❖ **後某**：再娶的妻子。

❖ **欲佔**：要佔。

❖ **用心晟**：運用心思。

❖ **害著家己死**：想要害別人，卻害死自己。

❖ **掠去**：抓去。

3

1. 白腹秧雞享受水浴。
2. 白腹秧雞擅走不擅飛，普遍見於沼澤、魚塭、溝渠。
3. 白腹秧雞警覺性高，不易露臉。

小典故

爲什麼會稱牠「吐血鳥」，其實是有一則故事，相傳很久以前有一位農夫，娶了兩位太太，各生一位男孩，大太太因生病死了，兩個孩子都由後母來扶養，而後母費盡心機想獨佔財產。

有一天這位後母準備了一包乾扁的正常豆子給自己的兒子，卻交給前妻的兒子一包炒熟的豆子，交待如果沒有收成不能回家。但是後母的孩子在途中發現哥哥的豆子較圓又大粒，就動了手腳把豆種調換了。過了一段時間哥哥扛了一大袋的豆子回來了，後母並沒有等到自己的孩子回來，傷心過度吐血而死了。

傳說這位後母就變成一隻鳥，每天叫著「苦啊——苦啊」，這隻鳥就是「吐血鳥」。這個故事告訴我們，做人不能有私心，人必須要「老吾老以及人之老，幼吾幼以及人之幼」，這個社會才能成爲和諧的世界。

鳥類知識通

白腹秧雞有幾種俗名「白面雞」、「姑惡鳥」、「苦惡鳥」、「苦雞母」、「吐血鳥」，這種鳥的嘴黃色，基部上方紅色，臉部、頸部至腹部為白色，背面為黑色，下腹及尾下覆羽紅色。性情害羞，行動隱密，不容易遇見他，遇人干擾時急奔入隱密處。叫聲「苦啊——苦啊」。雜食性，以吃食植物嫩葉、果實、水生昆蟲、小魚等為主。

黃頭鷺

黃頭鷺　一般的人嘛叫汝
白鴒鷥　你愛企惦水牛邊
等牛食草　蟲飛去
汝著啄蟲去分屍
閣有人叫汝　牛背鷺
袂騎牛　企佇牛的身軀邊
牛合汝親像是共生

N̂g thâu lōo

N̂g thâu lōo it puann ê lâng mā kió lí
Pe̍h lîng si lí ài khiā tiàm tsuí gû pinn
Tán gû tsia̍h tsháu thâng pue khì
Lí tio̍h tok thâng khì hun si
Koh ū lâng kiò lí gû puē lōo
Buē khiâ gû khiâ tī gû ê sin khu pinn
Gû kah lí tshin tshiūnn sī kiōng sing

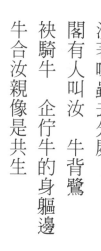

字詞解釋

❖**叫汝**：叫你。

❖**企帖水牛邊**：站在水牛旁邊。

❖**啄蟲**：咬著蟲。

❖**閣有**：還有。

❖**袂騎牛**：不會騎牛。

❖**共生**：生命共同體。

1. 牽牛花田與黃頭鷺。
2. 黃頭鷺的正面臉孔好滑稽。
3. 黃頭鷺成鳥。

小典故

黃頭鷺、小白鷺等鳥一般都稱爲白鷺鷥。黃頭鷺牠的習性，喜歡站在水牛旁，等牛吃草時有昆蟲飛起，牠就可吃到昆蟲，而水牛也因有黃頭鷺站在旁邊，感到安全感，所以說黃頭鷺與牛是共生，牠還有個名字叫「牛背鷺」，但別誤會牠會騎在牛背上。

按照野鳥專家黃金源的觀察，黃頭鷺求偶的方式「伸直展示」，爲最普遍的展示方式，展示時，個體會抬起頭，嘴閉著垂直指向天空，舉到最直時，有時會發出叫聲，當頭往下縮回時，腿通常會微曲，頭部、下頸、與肩部的羽毛通常會豎起。另外一種爲「猛然咬住展示」也是很常見的展示方式，頭與頸部的羽毛豎起，頭平順的向前或向下移動，直至頸部完全伸直，腿微曲，猛然張口咬住嘴巴。第三爲「銜樹枝搖頭展示」，在展示時嘴咬著樹枝，頸部緩緩拉直，然後頭部左右搖晃，並且發出叫聲。野鳥的習性必須自己去觀察，才能了解有趣的習性，透過觀察就會越來越了解野鳥、喜歡野鳥。

鳥類知識通

黃頭鷺嘴巴橘黃色，腳與趾皆為黑褐色，春夏兩季為繁殖時期，其頭、頸、喉、上胸及背中央飾羽部分為橙黃色，其餘部分為白色。而秋、冬季節則變冬羽，全身除了嘴部分仍為橘黃色外，其餘橙黃色部分則變成白色。

黃頭鷺屬鷺科；常出現在台灣的平地至低海拔山區之旱田、水田沼澤及牧場地區。牠們一部分會留在台灣過冬成為留鳥，而大部分為夏候鳥，春夏時由南洋一帶飛來台灣繁殖，而九月後又陸續飛回南洋過冬。

鴛鴦

鴛鴦　鴛鴦　汝眞婧
出門　雙雙對對
泅水　嘛是結做堆
鴛鴦　鴛鴦　眞古錐
有一工　汝若無對頭
敢會　宓惦水底嬰嬰哭

Uan iunn

Uan iunn uan iunn lí tsin suí
Tshut mn̂g siang siang tuì tuì
Siû tsuí mā sī kiat tsoh tui
Uan iunn uan iunn tsin kóo tsui
Ū tsi̍t kang lí nā bô tuì thâu
Kám ē bi̍h tiàm tsuí té inn inn khàu

字詞解釋

❖**汝真媠**：你很美麗。

❖**泅水**：游泳。

❖**結做堆**：在一起。

❖**有一工**：有一天。

❖**汝若無對頭**：妳沒有成雙成對。

❖**敢會**：會不會。

❖**宓惦水底**：躲在水中。

❖**嬰嬰哭**：哭個不停。

1. 雄鴛鴦挺身站立於積雪之大石上。
2. 冬末（2月）是鴛鴦交配的季節。
3. 大岩石上聚集數隻鴛鴦。

小典故

自古以來鴛鴦給人忠貞、浪漫的甜蜜印象，用來比喻夫妻的恩愛；古代詩人有如此詠嘆，唐朝詩人孟郊在〈烈女操〉中寫道：「梧桐相待老，鴛鴦會雙死……」，盧照鄰在〈長安古意〉中寫道：「得此比目何辭死，願作鴛鴦不羨仙。」這些詩句都讓世間曠男怨女，找到心靈的寄託與鼓舞！

台灣鴛鴦分布的山區、湖泊、水庫和溪流。譬如，海拔高度約六百公尺的福山植物園，目前是野外鴛鴦繁殖的最低海拔；中部最低的繁殖地，位於九百三十公尺高的谷關水庫；南部目前的紀錄在二千餘公尺高的大、小鬼湖。寒冬時節，鴛鴦偶爾會在河口溼地（如北縣淡水河、竹縣客雅溪、彰縣漢寶溪、東縣的卑南溪和知本溪）與低地湖泊（如花蓮縣鯉魚潭、墾丁國家公園的龍鑾潭、早期的澄清湖）驚鴻一瞥。一般咸信牠們是來自北方候鳥，不過這純屬臆測，因爲沒有資料可資證明。

鳥類知識通

維基百科全書中介紹：雄性鴛鴦色彩非常豔麗，喙為少見的鮮紅色，端部具亮黃色嘴甲。額部和頭頂中央為帶有金屬光澤的翠綠色，枕部紅銅色的羽毛，後頸暗綠暗紫色的羽毛都很長，形成一個很有特色的「頭套」。上體深色腰部和背部褐色，並帶有綠色的金屬光澤，下體淺色，最具有特色的是最後一枚「帆狀三級飛羽」，形成面積很大的樹立於背部的機狀結構，為耀眼的橘紅色，這是鴛鴦極明顯的特徵。

雌性鴛鴦不如雄性漂亮，身體顏色為暗褐的灰色，也不具雄鳥的三級飛羽，辨識特徵為鮮明白色貫眼紋、喙灰色。

伯勞

伯勞　伯勞　愛風騷
透早到暗　黑白趒
無注意　乎人掠去食𨑨迌
看人　食鳥仔巴
阮著　心糟糟

Pit lô

Pit lô pit lô ài hong so
Thàu tsá kàu àm oo pe̍h sô
Bô tsù ì hōo lâng lia̍h khì tsia̍h thit thô
Khuànn lâng tsia̍h tsiáu á pa
Gún tio̍h sim tso tso

字詞解釋

❖ **愛風騷**：喜歡到處玩耍。

❖ **黑白趖**：到處走走。

❖ **掠去**：抓去。

❖ **迌迌**：玩耍。

❖ **鳥仔巴**：烤鳥。

❖ **心糟糟**：心情不好。

1. 棕背伯勞活動於地面上與草叢枝條上。
2. 紅尾伯勞喜歡站立於枝幹之頂端。
3. 紅尾伯勞被陷卡於鳥仔踏上。

小典故

伯勞鳥是台灣唯一的留鳥，爲台灣特有亞種，整隻鳥的色彩搭配十分美麗，被稱爲「過眼黑帶的蒙面強盜」。伯勞大多屬候鳥，在文學中屬於別離的代名詞，因此有詩云：「東飛伯勞西飛燕，牽牛織女時相見」，兩句詩該是表現勞燕分飛的情境，也是呈現出伯勞鳥的生活習性，給人別離哀愁的聯想。

有一次筆者在一個校園中看到棕背伯勞，抓了一條蛾類幼蟲，用牠的嘴與爪撕裂這幼蟲。伯勞習慣在同一個地點用餐，有坐等型掠食的習性。棕背伯勞的地盤觀念很強，爲了保衛棲息地，雄鳥會追趕入侵的鳥類，雌鳥則在旁高聲示警。

棕背伯勞常常將吃不完的食物插在樹枝或鐵絲上，像是曝屍示眾一般。所以當小動物們看到這些帶著眼罩的小霸王時，都會躲得遠遠。每年夏天，天氣太熱時，牠們還會舉家搬遷，到涼爽的中、低海拔山中去避暑呢！伯勞鳥常被大量捕捉，拿去燒烤食用，看到這種情景不禁感到人類的殘忍，對於野鳥必須保護，不能捕抓，更不要去吃違法捕捉的伯勞鳥。

鳥類知識通

有一種棕背伯勞，體型較紅尾伯勞稍大，由牠們的額頭經過眼睛，至耳部附近長著一片黑色的羽毛，頭頂至上背部為灰色、棕褐色的身子加上黑色的飛羽及尾羽，翅膀上有一白斑。喜歡學習其他鳥類或動物的鳴叫聲，卻也帶有猛禽的肉食性和兇猛特徵。

棕背伯勞的食物以昆蟲、青蛙、蜥蜴，以及老鼠之類的小動物為主，有時會捕捉綠繡眼之類的小鳥。

九官鳥

九官鳥　啊　九官鳥
汝實在眞乖巧
阮兜的情話　乎汝學了了
阮某講汝　咧起痟
汝嘛講我　咧起痟
汝有影　眞奸巧

Kiú kuan niáu

Kiú kuan niáu ah kiú kuan niáu
Lí si̍t tsāi tsin kuai khiáu
Gún tau ê tsîng uē hōo lí o̍h liáu liáu
Gún bóo kóng lí leh khí siáu
Lí mā kóng gúa leh khí siáu
Lí ū iánn tsin kan khiáu

字詞解釋

❖**汝實在**：你眞的。

❖**眞乖巧**：乖乖又靈活。

❖**阮兜**：我家。

❖**乎汝學了了**：被你學光了。

❖**起痟**：發瘋。

❖**奸巧**：老奸巨滑。

小典故

認識九官鳥是從一首童謠〈九官鳥〉開始，我開始與施福珍老師合作，施老師創作歌謠，我透過他的歌謠寫故事，當時施福珍老師以方子文的名字寫這首歌詞：「我是一隻愛講話的　九官鳥／人人講阮是眞乖巧／警察來尋頭家／講代誌眞重要／我講頭家沒有在睡覺／避怙內面　咧搏繳／一寡財產嘛輸了了。」短短的十幾句，卻帶給聽眾許多趣味。

當年我問施福珍老師寫這首歌的動機是什麼？施老師說：「有一天看到一則報導，有一個家中養九官鳥的民眾，有一天警察先生到養九官鳥的家庭去，家裡的這隻九官鳥卻向警察叫著：頭家沒有在睡覺／避怙內面　咧搏繳。」於是施老師就寫下了這首歌。

後來我走遍台灣各地，演講〈傳唱台灣文化〉或〈說唱台灣童謠〉都會介紹這首歌謠，帶給聽眾想像不到的趣味，尤其小孩子更喜歡聽這個故事。

鳥類知識通

九官鳥，身長大約三十三至三十四公分，全身黑色羽毛有紫色金屬光澤，胸、腹部帶綠色，眼睛下部裸出無毛，連於後頸肉瓣，呈濃黃色。而後頸的「黃色肉瓣」便是分別九官鳥跟八哥差別最明顯的地方。另外八哥在上嘴上緣有豎起之羽毛，而這個特徵九官鳥是沒有的。

輯二

動物的歌

貓鼠

一鼠是賊仔名
尖喙的貓鼠
汝實在歹名聲
日時　宓土空鑽入壁
暗暝　走出來四界偷食
阮用貓鼠籠　來加汝掠

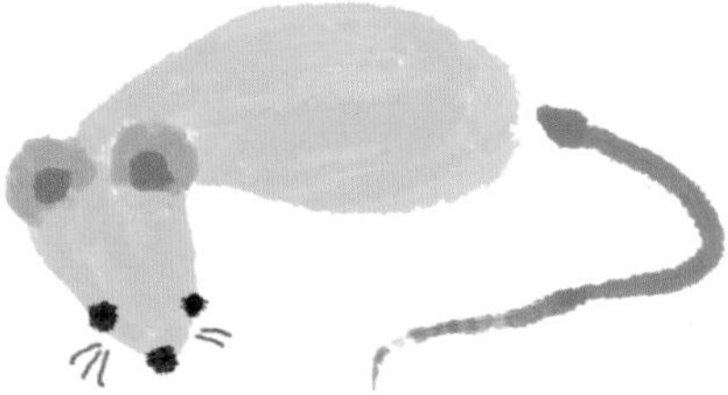

Niau tshí

It tshí sī tsha̍t á miâ
Tsiam tshuì ê niau tshí
Lí si̍t tsāi pháinn miâ siann
Ji̍t sî bih thôo khang tsǹg ji̍p piah
Àm mî tsáu tshut lâi sì kè thau tsia̍h
Gún iōng niau tshí lang lâi kā lí lia̍h

字詞解釋

❖ **賊仔名**：小偷的名字。
❖ **尖喙**：嘴型尖尖。
❖ **貓鼠**：老鼠。
❖ **汝實在**：你實在。
❖ **歹名聲**：聲譽不好。
❖ **日時**：白天。
❖ **宓土空**：躲在地下的洞。
❖ **鑽入壁**：穿入牆中。
❖ **暗暝**：晚上。
❖ **四界**：到處。
❖ **偷食**：偷吃東西。
❖ **加汝掠**：把你抓起來。

小典故

施福珍有一首囡仔歌〈可愛的貓鼠〉：「阮是可愛的老鼠，恬佇鬧熱的都市，阮的頭家眞趣味，講話攏用ABC，阮兜有冷氣電視洗衣機，阮兜的金錢算來算去算不離……」以老鼠的觀點看現代人的生活，非常有都市趣味。

而過去的農業社會，老鼠是專門偷吃農人的五穀、水果，可以說是人類的公敵，才會有這句：「過街老鼠人人喊打。」說出許多人不喜歡老鼠，牠喜歡偷吃人類的食物。

農人常因爲生活上的情境產生一些語言，比如說吃裡扒外的人，我們會說：「飼貓鼠咬布袋。」或者大人不在家，小孩子就會做一些頑皮的事，大人就罵小孩：「貓無佇貓鼠著曲跤。」沒有人可管的意思。

發生一些事，我們會說：「青瞑貓遇到死貓鼠。」這與華語的「瞎貓碰到死耗子」同樣意思，表示純屬巧合的幸運。而罵人：「猴頭貓鼠耳。」與「獐頭鼠目」同樣含意，說相貌醜陋的人，依相貌學看非善類。

有一首傳統唸謠：「初一場、初二場、初三貓鼠娶新娘。」大年初一開正拜年，初二女婿陪女兒回家必須排場請客，初三老鼠娶親娘，要早點就寢。

動物知識通

我們常見的小家鼠是最頑強的哺乳動物之一。起初生活在草原上，後來到農場房舍居住下來。在野生之時吃植物種子，在室內生活的鼠輩，從穀類到各種食品都吃。老鼠繁殖力強，每次產十二隻幼鼠，每年繁殖十多次。

水牛

二牛叫做駛犁兄
透風落雨　嘛愛行
拖車　犁田　攏愛拼
牛年到　汝尚勢
摸春牛年年有
若摸牛頭會出頭
摸牛耳食百二
摸牛腳食未乾
摸牛尾　春家伙

Tsuí gû

Lī gû kiò tsó sái lê hiann
Thàu hong loh hōo mā ài kiânn
Thua tshia lê tshân lóng ài piànn
Gû nî kàu lí siōng gâu
Bong tshun gûn nî nî ū
Nā bong gû thâu ē tshut thâu
Bong gû hīnn tsiàh pah lī
Bong gû kha tsiàh buē ta
Bong gû bué tshun ke hué

字詞解釋

❖**駛犁兄**：耕田的大哥。

❖**透風**：刮風。

❖**嘛愛行**：也要走。

❖**攏愛拼**：都要打拼。

❖**汝尚勢**：你最厲害。

❖**摸春牛年年有**：每年都可摸到春天的牛。

❖**摸牛頭會出頭**：摸春牛的頭會出頭天。

❖**摸牛耳食百二**：摸牛耳朵會長壽的一百二十歲。

❖**摸牛腳食未乾**：摸牛的腳會吃不完。

❖**摸牛尾　春家伙**：摸牛尾巴，會累積財產。

1. 牛低頭姿態溫馴。
2. 牛與黃頭鷺良性的互動。

小典故

台灣畫家黃土水，作品〈水牛群像〉是一座浮雕，這座浮雕，主要內容是芭蕉樹下，三位幼童與五隻牛的悠閒片刻。牛和小孩都是赤裸裸地，呈現出有趣的各種弧形輪廓線，構成牧童與牛之間的多重對話。

台灣人克勤克儉，就像水牛一樣毫無怨言的工作，常把自己比喻成牛，於是教育無法感化的孩子就罵他：「牛牽到北京嘛是牛」。因爲北京是代表有文化的城市，但牛到那邊也無法受教育感化的。

人雖然多卻無法做好事情就是：「濟牛踏無糞，濟人無位睏。」用「牛頭馬面」就表示長像兇惡的壞人。說歌聲親像「牛聲馬喉」：唱歌的聲調不好聽。形容人說話太過誇張不實：「一隻虱母謗甲水牛大。」從這些語言看出人與牛的關係是非常密切，可以相互指涉。

動物知識通

水牛也叫印度水牛，是偶蹄動物，主要做為勞動力，在亞洲與美洲非常普遍，在台灣的牛除了水牛與黃牛之外，也有養來產牛奶的乳牛。

【謎題】「四蕊目睭，頭前行，後壁咻。」謎底「駛牛」。

【謎題】「一隻烏雞妹仔肥律律，欲食免剝骨。」謎底「牛屎」。

虎

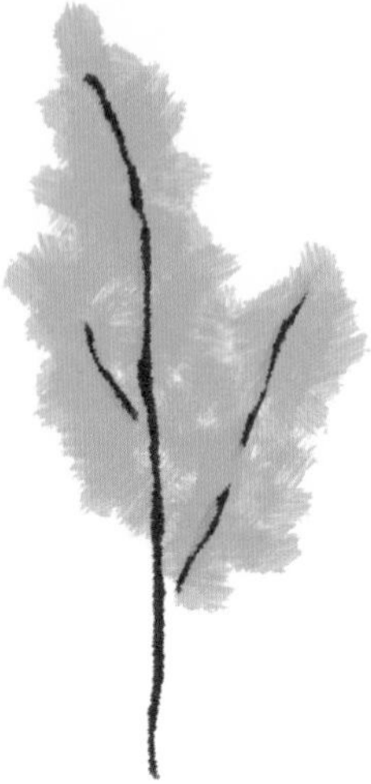

三虎𬦰山崎
虎仔是惦佇深山內
眞少到咱平原來
只有虎爺惦佇廟寺內
虎爺　未行未走桌腳宓
每日干旦食香灰合空氣

Hóo

Sann hóo peh suann kiā
Hóo á sī tiàm tī tshim suann lāi
Tsin tsió kàu lán ping guân lâi
Tsí ū hóo iâ tiàm tī biō sī lāi
Hóo iâ buē kiânn buē tsáu toh kha bih
Muí jit kan tann tsiah hiunn hu kah khong khì

字詞解釋

❖ **趏山崎**：爬山路。

❖ **恬佇**：住在。

❖ **虎爺**：鎮廟堂的虎神，供土地公坐騎之用，可避邪。

❖ **桌腳宓**：躲在桌子下。

❖ **干旦**：只有。

❖ **食香灰合空氣**：吃香的灰塵與空氣。

小典故

有一首〈兩隻老虎〉：「兩隻老虎　兩隻老虎　跑得快　跑得快　一隻沒有眼睛　一隻沒有耳朵　眞奇怪　眞奇怪」，這是一首小孩子都知道的歌謠，是我對老虎認識的開始。

小時候做事不能貫徹始終，父親會罵做事爲什麼「虎頭貓鼠尾」比喻有頭無尾。我與一些愛玩的孩子去外面玩，常常忘了回來，父親會說：「人交的是關公劉備，你攏交林投竹刺，合彼陣虎龍豹彪，做無好頭路。」要我近朱者赤，不要近墨者黑。

我的個性堅強，任何困難都想克服，因此「明知山有虎，偏向虎山行」是不會向環境低頭的。不懼困難的個性使我有好的表現，父親就會洋洋得意說：「虎父無犬子」，也爲自己讚嘆一下。

在施耐庵的《水滸傳》中有〈武松打虎〉的故事：武松有一身武藝，要回鄉途中路過陽穀縣的景陽崗，打死一隻危害百姓的老虎。

動物知識通

老虎是貓科動物中體型最大的哺乳動物，皮呈褐紅色，腹部呈白色，尾巴黑白相間。後腿比前腿長利於跳躍。老虎捕獵都是單獨行動，躲藏在叢林中捕捉野豬、鹿、羚羊、野牛等哺乳動物。

兔仔

兔仔　欲去遊京城
身軀　白泡泡眞好命
龜是汝的朋友亦親晟
兔仔合龜相招去走標
兔仔　半路咧盹龜
結果　兔仔煞來走輸龜

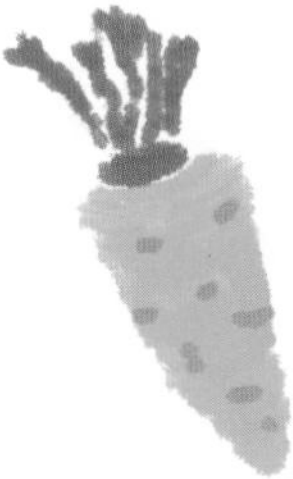

Thòo á

Thòo á beh khì iû kiann siânn
Sin khu pe̍h phau phau tsin hó miā
Ku sī lí ê ping iú ia̍h tshin tsiânn
Thòo á kah ku sio tsio khì tsáu pio
Thòo á puànn lōo leh tuh ku
Kiat kó thòo á suah lâi tsáu su ku

字詞解釋

❖**欲去遊京城**：要去城中遊玩。

❖**身軀**：身體。

❖**白泡泡**：白白嫩嫩。

❖**親晟**：親戚。

❖**相招**：相約。

❖**走標**：競走比賽，以身輕較勝負，平埔族的一種活動。

❖**盹龜**：打瞌睡。

1. 兔子為草食性脊椎動物。

小典故

十二生肖唸謠中「四兔遊京城」，說明兔子悠閒的在草地上旅遊的情況，個性溫馴的小白兔是小孩子喜歡的寵物，因此以兔子爲題材的故事非常多。

童話中有〈龜兔賽跑〉的故事，出自於《伊索寓言》中，烏龜是緩慢的動物，兔子是快捷的，然而兔子與烏龜來一場賽跑，兔子跑得較快，在中點休息而睡著了，被烏龜超越過去了，最後烏龜勝利了。這個故事暗喻著「驕者必敗」，兔子有一點看不起烏龜，然而烏龜雖慢但持之以恆的努力，終於跑贏了兔子而得勝了。

社會上有一種「兔子不吃窩邊草」的見解，也就是說不要在自己的家鄉爲非作歹，或不侵犯周圍人的利益，也有人說不去追求身邊熟悉的女孩子。然而，如果有人說你是「兔子尾巴」，你可要知道這是一句歇後語：「兔子的尾巴是長不了的意思。」

動物知識通

兔子是植食哺乳動物，約有六十五種，分布世界各地。用銳利的門齒啃咬食物。兔子有敏銳的視力和聽力，一遇危險就立刻跑開。

兔子是一種素食主義者，吃青草、綠色菜葉、農作物，如果是餵養的兔子，則吃顆粒兔飼料、乾草，如換食物要慢慢更換。

青龍

青龍敢是皇帝命？
皇帝　伊是天星來出世
龍身　阮攏毋捌看著伊
只有看著龍柱企廟寺
台灣的龍攏咧遊街市
世間無人知影青龍佗位去？
阮來講乎汝知機
龍飛上天的代誌一切攏是虛

Tshinn lîong

Tshinn lîong kám sī hông tè miā?
Hông tè i sī thinn tshinn lâi tshut sì
lîong sin gún lóng m̄ bat khuànn tio̍h i
Tsí ū khuànn tio̍h liông thiāu khiā biō sī
Tâi uân ê liông lóng leh iû ke tshī
Sè kan bô lâng tsai iánn tshinn liông toh uī khì?
Gún lâi kóng hōo lí tsai ti
Liông pue tsiūnn thinn ê tāi tsì it tsheh lóng sī hi

字詞解釋

❖ **青龍**：傳說中龍是神異動物，中國人自稱「龍的傳人」，以龍來象徵皇帝，但人類沒見過龍，傳說中的動物。

❖ **天星**：天上的星星，傳說偉人都是天星轉世。

❖ **阮攏毋捌看著伊**：我都沒有看過他。

❖ **龍柱企廟寺**：立在寺廟前的龍柱。

❖ **攏咧遊街市**：民俗活動中，在街道弄龍的隊伍。

❖ **知影**：知道。

❖ **佗位去**：那裡去了。

❖ **講乎汝知知**：講給你知道。

❖ **代誌**：事情。

❖ **攏是虛**：都是虛假的。

小典故

侯德建寫的曲、詞〈龍的傳人〉：「……古老的東方有一條龍，她的名字就叫中國，古老的東方有一群人，他們全都是龍的傳人，巨龍腳底下我成長，長成以後是龍的傳人，黑眼睛黑頭髮黃皮膚，永永遠遠是龍的傳人，百年前寧靜的一個夜，巨變前夕的深夜裡槍砲聲敲碎了……」，這是一首描寫中國的歌謠，風靡了許多台灣人，去想念中國的河山與人文。

中國歷代的帝王均自稱爲「眞龍天子」，是一種權力的象徵，皇帝睡的床稱龍床、衣服稱龍袍。廟宇有龍柱，會有四瑞獸：「龍、鳳凰、麒麟、烏龜」，被認爲是四種祥瑞的獸，廟宇的建築上，常呈現這些吉祥獸，讓信眾來祈求。

在台灣唸謠有「五龍皇帝命」是說龍在十二生肖排行第五，是帝王的象徵，但台灣人卻沒有看過龍，但划龍船時、遊街時會有龍船、或布龍出現，又喜歡在龍年生個龍子，許多人也望子成龍，

龍其實已統治我們很長的日子了。

動物知識通

新石器時代，龍的形象為人頭、獸頭加蛇身、魚身。至商代，龍有基本雛型：柱角、獸頭、鱗身、有足。有用以祈雨的龍紋玉器，稱之為瓏。漢朝，劉邦天子龍生的神話，龍與皇帝產生關聯，成為鞏固政權的工具，地位崇高，而龍的現代形象確立。

蛇

蛇若現身阮攏眞驚惶
山頂的竹林內
阮定定看著　青竹絲
竹叢內趒來閣趒去
看著蛇
阮開始祈禱伊
趕緊趒走去
甭佇遐　翱翱纏

tsuâ

Tsuâ nā hiàn sin gún lóng tsin kiann hiânn
Suann tíng ê tik nâ lāi
Gún tiānn tiānn khuànn tio̍h tshinn tik si
Tik tsâng lāi sô lâi koh sô khì
Khuànn tio̍h tsuâ
Gún khai sí kî tó i
Kuánn kín sô tsáu khì
Mài tī hia ko ko tînn

字詞解釋

❖ **阮攏真驚惶**：我都很害怕。

❖ **山頂**：山上。

❖ **定定**：常常。

❖ **竹叢內**：竹林中。

❖ **趖來閣趖去**：爬來又爬去。

❖ **甭佇遐**：不要在那裡。

❖ **青竹絲**：毒蛇，頭部呈三角形，背深綠色或淡黃色，側面有有一白色或黃色單一線紋。尾部後段爲更暗的暗紅色，口部有大管牙。

❖ **翱翱纏**：纏著不放。

1. 蛇具有攻擊性，得隨時與他保持距離。

小典故

賴和小說〈蛇先生〉是一篇賣蛇藥的故事，批判迷信的小說，描寫一位賣蛇毒的解藥秘方，最後自己竟然被毒蛇咬死。此篇小說要我們不可相信沒有科學依據的秘方。

台灣十二生肖唸謠唱著：「六蛇乎人驚。」說明蛇會令人懼怕。除了令人害怕外，蛇是爬蟲類動物，爬行的行動緩慢，「慢」的台語也叫做「趖」。如果有人說：「大蛇過田岸。」也就是指蛇蠕動的爬行動作，或說人的動作慢吞吞的。

民間有種傳說，如果夢見蛇，是一種好事，表示財運佳，如果夢見被蛇咬是有意想不到的好運。民間還有一說法，夢到蛇是土地神向夢者要求燒金紙給土地神。

中國民間小說《白蛇傳》是描述一個修成人形的白蛇精與凡人的曲折愛情故事，書中有傳統禮教與佛教傳說故事，這本小說被編成了戲劇、歌子戲，很多人喜歡。

動物知識通

台灣的五大蛇類：雨傘節、眼鏡蛇、百步蛇、龜殼花、赤尾青竹絲。

蛇一般給人陰險的印象，其行動閃爍不定，看到蛇會令人懼怕。

青竹絲：蛇頭部成三角形，體背面為一致的深綠色或淡黃綠色，在側面的背腹交界處有一白色或黃色單一線紋，或者再加上暗紅色上白下紅的雙線紋。尾部後段為更暗的暗紅色。分布最廣，數量最多。有頰窩，口部有一對大管牙。可做為與青蛇快速區分之依據。

馬

馬仔　出世走山坪
一嶺走了　過一嶺
懸山　伊嘛攏毋驚
人講
未使　看人無目地
荏荏馬　亦有一步踢
馬仔　嘛會起性地

Bé

Bé á tshut sì tsáu suann phiânn
Tsi̍t niá tsáu liáu kuè tsi̍t niá
Kuân suann i mā lóng m̄ kiann
Lâng kóng
Buē sái khùann lâng bô ba̍k tē
Lám lám bé ia̍h ū tsi̍t pōo that
Bé á mā ē khí sìng tē

字詞解釋

❖**出世走山坪**：出生後就在山坡上跑。

❖**懸山**：高山。

❖**伊嘛攏毋驚**：他都不怕。

❖**未使**：不可以。

❖**無目地**：瞧不起人。

❖**荏荏馬**：虛弱的馬。

❖**亦有一步踢**：也能用後腳踢人。

❖**嘛會**：也會。

❖**起性地**：發脾氣。

1. 馬主要作為役使家畜，用於騎乘、拖車、載物。

小典故

「伯樂識千里馬」伯樂是神話中掌管天馬的星名。伯樂對馬很有研究，一眼就能看出好的千里馬。要有伯樂這種人，馬才能被重用，比喻爲要有辨識好人才的人，人才才不會被埋沒，人生在世如果是一匹千里馬，都期待能遇到伯樂。

台語歌者郭金發寫過一首〈可愛的馬〉歌詞，由葉俊麟作曲，是很流行的歌曲，後來改成華語與粵語。其中有段歌詞「井田忠晴，作陣也已經五年，今日也著愛分開手摸著心愛的馬呦，不覺珠淚滴……」，可見人與馬之間也有很密切的關係。

台灣諺語中說：「死馬當做活馬醫」，這句話比喻不放棄任何希望，極力設法救治。例如有人罹患難以治療的絕症，醫生束手無策，並放棄醫療，但患者家屬仍不死心，到處求神問卜或尋求偏方療治，不放棄希望，就可以此句來形容。

比喻一物剋一物的諺語：「惡馬惡人騎，胭脂馬拄著關老爺。」是指兇惡的馬，須邪惡的人來駕馭。胭脂馬是指赤兔馬，而這隻兇野善跑的馬，要有兇猛的人來馴服，兇野善跑的赤兔馬遇到驍勇善戰的關公老爺，也只好聽命於他了。

動物知識通

馬是一種草食性動物，頸上有長鬃、尾有長毛，為一種役使家畜，用於騎乘、拖車、載物，是運輸工具。

馬是一種具靈性的動物，非常機警而天生膽小，站著睡覺，遇到危險立刻開跑，頗具危機意識。

羊

羊仔　尙愛食青草
食無伊著咩　咩　哮
囡仔兄　斟酌聽
自細漢　羊仔溫柔閣孝順
食奶　攏是跪咧吸
誠心誠意　感謝阿娘的身軀

Iûnn

Iûnn á siōng ài tsia̍h tshinn tsháu
Tsia̍h bô i tio̍h mé mé háu
Gín á hiann tsim tsiok thiann
Tsū sè hàn iûnn á un jiû koh hàu sūn
Tsia̍h ling lóng sī kuī leh suh
Sîng sim sîng ì kám siā a niâ ê sin khu

動物知識通

羊有綿羊或白羊與山羊，屬於哺乳綱的牛科，是人類的飼養的家畜之一。台灣山羊毛色多為黑色或褐色，體型較外來品種小。顎下有長鬚，成熟時不論公、母均有鬚髯及角。皮較厚，體質強健，耐粗飼，抗熱性強而繁殖力亦佳，季節性發情不明顯，每年平均胎數多於一胎，主要供做肉用。

1. 羊是人類的飼養的家畜之一，有毛的四腿反芻動物。

2. 羊有許多經濟用途，例如羊乳、羊毛、羊毛脂和羊肉。

字詞解釋

❖ **尚愛**：最愛。

❖ **食無伊著**：沒有吃牠就……。

❖ **咩咩哮**：羊的叫聲。

❖ **斟酌聽**：仔細聽。

❖ **自細漢**：從小的時候。

❖ **閣**：又。

❖ **食奶**：吃奶。

❖ **攏是跪咧吸**：總是跪著吸母羊的奶。

❖ **阿娘**：媽媽。

小典故

台灣這個社會，有許多人做事情總是：「吊羊頭，賣狗肉」，開的是理髮廳卻沒有剪頭髮，店招掛的是羊頭店，賣的卻是狗肉，這種表裡不一，狡詐欺人，欺世盜名之僞善者，比比皆是。

有人說：「羊仔見青好」指羊愛吃青草，見到青綠的花草植物就會勇往直前，比喻對事物好奇、看好的心態。亦被引申爲追求異性時，不加選擇，只要是異性，不論相貌、品德、學經歷、家庭背景就窮追不捨。

台灣諺語：「豆仔看做羊仔屎，屎礐蟲看做肉筍。」屎礐就是廁所，以前農村蓄集人畜排泄物的糞坑。屎礐仔蟲就是糞坑裡的蛆。肉筍是獸肉腐化後所生的蛆蟲。把豆子看成羊屎，將糞蛆看做肉筍，形容人看錯事物，誤把馮京當馬涼也。

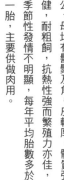

猴

阿猴　阿猴
出世　學吊樹頭
樹仔椏頂　溜溜走
有時　嘛會車糞斗
彼隻阿猴
愛婧　格緣投

Kâu

A kâu a kâu
Tshut sì o̍h tiàu tshiū thâu
Tshiū-á ue tíng liù liù tsáu
Ū sî mā ê tshia pùn táu
Hit tsiah a kâu
Ài suí kik iân tâu

字詞解釋

❖ **吊樹頭**：懸掛在樹上。
❖ **樹仔椏**：樹的枝幹。
❖ **溜溜走**：跑來跑去。
❖ **嘛會**：也會。
❖ **車糞斗**：翻筋斗。
❖ **愛媠**：愛美。
❖ **格緣投**：裝帥氣。

1. 台灣獼猴。
2. 猴子有些居住於樹上，有些則住在草原上。
3. 年幼的小猴子，總會跟著牠們的母親。

小典故

這句台灣諺語：「猴死豬哥也無命。」該是來自《西遊記》這本小說。猴子在《西遊記》指猴齊天，即孫悟空，也有人稱牠潑猴。豬哥：是指豬八戒。《西遊記》描述孫悟空與豬八戒及沙悟淨，保護唐三藏赴西方取經，途中所遇妖魔鬼怪，路途艱險萬分，孫悟空武功高強，三藏法師及豬八戒等人均賴其保護才免於落難，如果孫悟空死了，豬八戒必也活不成，故產生此諺。比喻兩者相依爲命，唇亡則齒寒。

而歇後語「老猴跋落樹跤。」是說猴子本來善於爬樹，可在樹上自由活動，爬樹技術是其他動物望塵莫及的，但身手穩健動作純熟的老猴子，竟然跌落樹下，比喻丟臉丟到家，「眞正漏氣」之意。而「老猴無粉頭」是指年紀大的老人，抹粉化妝後顏面仍然不會艷麗漂亮，形容女人上了年紀，風采大不如前，縱使加以化妝也沒有韻味。

動物知識通

猴子屬於哺乳動物，在台灣有一種獼猴，這種猴子祖先來自中國，在台灣這個海島上演變成一種獨特品種。台灣獼猴頭渾圓，臉扁長，額部裸出，頰髭長毛。會攀爬也會跳，不怕人群，目前列入保護類動物。與猴子有關的一部小說《西遊記》作者是吳承恩，書中的孫悟空是一隻七十二變的美猴王，講述與唐三藏法師去西域取經的故事，是小孩子最喜歡的故事之一。

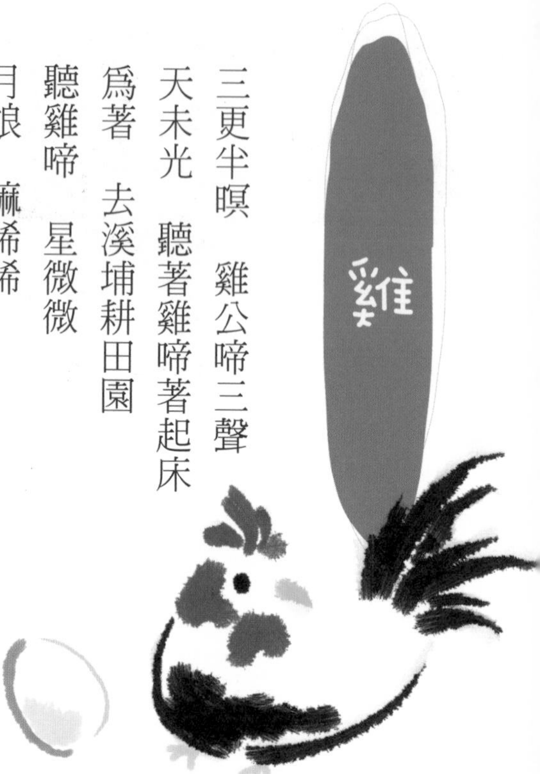

三更半暝　雞公啼三聲
天未光　聽著雞啼著起床
爲著　去溪埔耕田園
聽雞啼　星微微
月娘　嘛稀稀
想著　聞雞起武的祖逖

Ke

Sann kenn puànn mê ke kang thî sann siann
Thinn buē kng thiann tio̍h ke thî tio̍h khí tshn̂g
Uī tio̍h khì khe poo king tshân hn̂g
Thiann ke thî tshinn bî bî
Gue̍h niû mā hi hi
Siūnn tio̍h bûn ke khí bú ê tsóo ti̍k

字詞解釋

❖**三更半暝**：半夜三更。

❖**雞公**：公雞。

❖**啼三聲**：叫三聲。

❖**天未光**：天色還沒亮。

❖**溪埔**：溪底的浮覆地。

❖**耕田園**：開墾田野。

❖**星微微**：星光微弱。

❖**嘛稀稀**：也疏疏。

❖**聞雞起武**：聽到雞聲就起來練武功。

❖**祖逖**：東晉之人，因中國北方淪爲胡人之手，百姓生活疾苦，祖逖發奮圖強想解救北方百姓，聽到雞聲就起來練武功。

小典故

台灣諺語勸說：「做雞愛筅，做人愛反。」這句話說：雞必須用腳啄食，做爲人必須要有所變通，不能故步自封。而說「無毛雞假大格」：是指雞毛掉光的雞隻，指生病或發育不良之雞隻，卻要裝成很有能力的樣子，或形容沒有錢卻要裝闊，打腫臉充胖子。而罵人：「雞仔腸，鳥仔肚」，是用來比喻一個人沒有肚量。

「閹雞趁鳳飛」是指被割去雄性生殖器的雞，因不會發情，體型較肥大，拙於飛行，還要仿效鳳凰的飛翔，實在不自量力，譏諷人之容貌、才能、身份、地位均不如人，卻想模仿他人，是東施效顰之暗喻。

動物知識通

雞是最先的馴化的家禽，為人們提供蛋、肉等食品。具有各種特色的雞蛋，為人們提供廉價優質的動物蛋白。早期農業社會公雞帶有司晨的功能，所以有句「飼雞顧更」的俗語產生。

【謎題】「雙頭尾尖，放來，臭辣辣，上桌，無人嫌。」謎底「雞」。

【謎題】「頭戴紅帽像花開，身穿紅衣胎帶來，人人講伊樂暢子，乎伊叫著天會開。」或「頭戴鳳冠帽，身穿紅綢衣，人人講伊小肌骨，喝著天門亂亂開。」兩則謎底均為「公雞」。

狗

聽著狗聲　哮　哮　哮
囡仔兄　起腳走
走到阮兜門跤口
阮兜彼隻白花狗
嘛大聲吠　哮　哮　哮
囡仔兄　哀父叫母大聲哮

Káu

Thiann tio̍h káu siann háunn háunn háunn
Gín á hiann khí kha tsáu
Tsáu kàu gún tau mn̂g kha kháu
Gún tau hit tsiah pe̍h hue káu
Mā tuā siann puī háunn háunn háunn
Gín á hiann ai pē kiò bú tuā siann háu

字詞解釋

❖ **哮　哮　哮**：狗的叫聲。
❖ **哀父叫母**：呼天喚地。
❖ **起腳走**：起身就走。
❖ **阮兜**：我家。
❖ **門跤口**：家的門口。
❖ **嘛大聲吠**：也大聲叫吼。
❖ **大聲哮**：大聲叫。

2

3

1

1.「人類最忠實的朋友」，是飼養率最高的寵物。
2. 狗能積極理解主人命令。
3. 一般犬隻都有地盤觀念，這個本能使犬成為優秀的守衛和驅逐者。

小典故

家狗是人類的好朋友，農業社會狗爲農民守護家園，農人耕田出門了，狗看守家門，晚上主人睡覺狗爲我們守夜，因此有「飼狗吠暝」諺語產生，晚上宵小來時狗就會叫出聲，謂之吠暝。

養狗如果養得太瘦，主人會沒有面子，因此有「瘦狗舍主人」的諺語，對於任何事情不滿，提出建議的語言不被重視而沒改善，我們會說「狗吠火車」，根本無動於衷，沒有效果。如果只是用言語答覆，並沒有去做，會用眞是「放屁安狗心」。因狗吃人屎，人放屁了狗以爲要拉屎了，就癡癡的等著吃，原來只聞樓梯響，不見人下來。

比喻別人做壞事，卻讓另外的人受罪：「白狗偷食，黑狗受罪」。而「夭狗肖想豬肝骨」暗喻只是空想，因爲豬肝根本沒有骨頭。

動物知識通

犬，通常指家犬，也稱為狗，一種常見的犬科哺乳動物，是狼的近親。是人類最親密的朋友，也是飼養率最高的寵物。其壽命約十多年，若無發生意外，平均壽命以小型犬為長。

豬

大隻豬是菜刀命
對伊講　伊嘛毋驚
無食　伊著會出聲
哀哀哮　喝歹命
食飽睏　睏醒食
有奶著是㑌阿娘

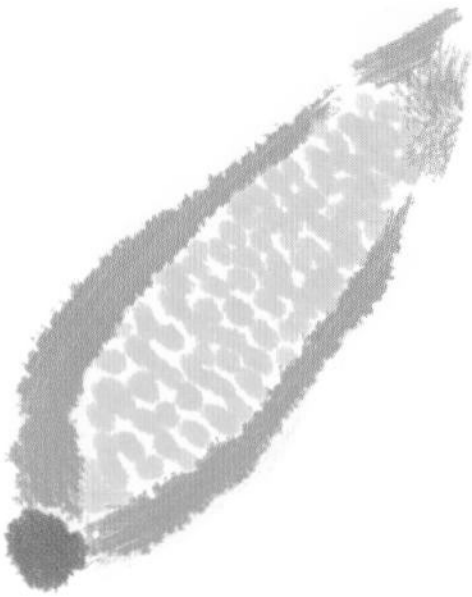

Ti

Tuā tsiah ti sī tshài to miā
Tuì i kóng i mā m̄ kiann
Bô tshia̍h i tio̍h ē tshut siann
Ai ai háu huah pháinn miā
tsia̍h pá khùn khùn tshínn tsia̍h
Ū ling tio̍h sī in a niâ

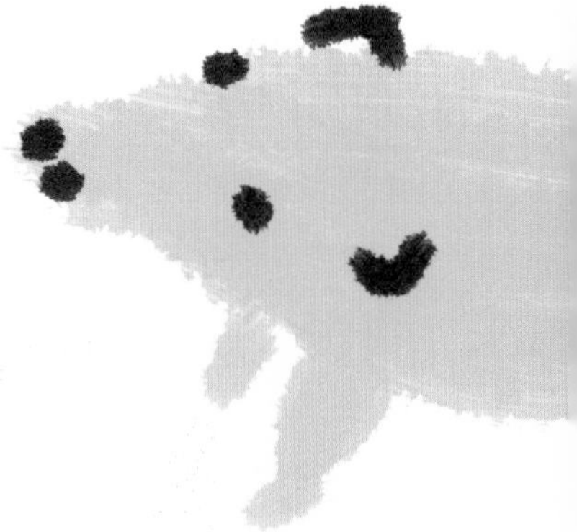

字詞解釋

❖**菜刀命**：豬養肥後就得被殺販售，因此說菜刀命。

❖**對伊講**：對牠講。

❖**嘛毋驚**：也不怕。

❖**無食**：沒得吃。

❖**伊著會**：牠就會。

❖**哀哀哮**：哀號著。

❖**喝歹命**：說自己命不好。

❖**食飽睏**：吃飽就睡覺。

❖**睏醒食**：睡醒後就吃。

❖**有奶著是佪阿娘**：凡是有奶給牠吃的都是母親。

小典故

台灣俗諺：「牽豬哥賺暢。」在農業社會中，專門養公豬去幫養母豬的人配種，這種行業叫「牽豬哥」，因配種以後養母豬的人會給牽豬哥的人紅包，又看豬配種得到一種滿足感，所以說：「賺暢。」小說家洪醒夫曾寫過一本《豬高旺仔》的小說，其中一篇寫牽豬高的行業的故事，而牽豬高的行業，詩人王灝寫過一首詩，如此形容：「身穿一領黑袈裟，搬山過嶺去揣妻，放種放甲滿世界，無人認我做老爸。」

在中國小說《西遊記》中，有一位小說人物豬八戒象徵著好吃、懶做，好色是其特性。所以「豬八戒照鏡」是不知道自己醜態，與「馬不知臉長」有同樣的意思。

還有一種飼養的大豬公，養大後做爲酬神拜拜之用，稱這種豬爲「神豬」。

動物知識通

豬與野豬都是聰明與適應性很強的動物，共有十一種之多。野豬生長在森林之中，通常在夜中覓食，其身上的毛硬得像刺一樣，耳朵小、腿非常有力。一般被人們養的豬，給人的印象是好吃懶做，吃飽後睡、睡醒後又吃。所以體型肥胖，皮膚上沒有汗腺，夏天喜歡在泥沼中打滾。眼睛小、視力不佳，但嗅覺好，尾短且蜷曲。

鵝

阮兜　飼一陣鵝
身軀的毛　白波波
水窟　大路四界趖
這陣鵝　愛迌迌
歸陣走入去甘蔗園
乎阮揣攏無

Gô

Gún tau tshī tsit tīn gô
Sin khu ê moo pe̍h pho pho
Tsuí khut tuā lōo sì kè sô
Tsit tīn gô ài thit thô
Kui tīn tsáu ji̍p khì kam tsià hn̂g
Hōo gún tshuē lóng bô

字詞解釋

❖ **阮兜**：我家。
❖ **飼一陣鵝**：養一群鵝。
❖ **水窟**：水池。
❖ **四界趖**：到處逛來逛去。
❖ **愛迌迌**：愛玩耍。
❖ **歸陣**：整群。
❖ **乎阮**：給我。
❖ **揣攏無**：找不到。

1

1. 鵝是人類馴化的第一種家禽。

小典故

台灣小說家楊逵，寫過一篇〈鵝媽媽要出嫁〉的小說，描寫一位公立醫院的院長，帶來一筆對主人而言金額巨大的生意，但院長希望得到他家養的「鵝媽媽」作爲贈禮。

只是孩子們捨不得，主人也不忍拆散鵝夫婦，因此沒能如院長所願。未料，院長開始藉故拖延付帳，最後主角終於明白關鍵所在，不得不抓著母鵝送到院長家，這才順利地完成這次交易。這就是「鵝媽媽」的「出嫁」。

鵝媽媽的出嫁，即是日治時代台灣人的畫像。被犧牲的鵝媽媽與人一樣是有情感有生命的，然而牠不會說話，牠是弱者，無力去對抗不公，這是用鵝做小說的題材，表達被殖民者的無力感。

鵝的腳趾非常大，台灣諺語「大腳婆踏死鵝」這句話有一點嘲笑大腳趾的人，因爲鵝的腳趾也很大，因腳趾大動作也慢。有一「鵝」謎題：「頭交交，尾親像掃帚頭，天未光，著哭喉。」

動物知識通

鵝，來自於野生的鴻雁或灰雁，被認為是人類馴化的第一種家禽。在達爾文的《動物和植物在家養下的變異》一書中，提到「在荷馬史詩中，就提到過早在古希臘時代鵝就被家養了，而在古羅馬時代的神廟裡，人們飼養家鵝，做為奉獻給神的祭品」。

田嬰

田嬰　田嬰
恬佇溝仔邊
位水溝　飛去花園邊
田嬰　田嬰
閣會　飛上天
敢也當飛去天頂挽星？

Tshân inn

Tshân inn tshân inn
Tiàm tī kau á pinn
Uì tsuí kau pue khì hue hn̂g pinn
Tshân inn tahân inn
Koh ē pue tsiūnn thinn
Kám iah tàng pue khì thinn tíng bán tshinn

字詞解釋

❖ **田嬰**：蜻蜓。

❖ **惦佇**：住在。

❖ **溝仔邊**：水溝旁邊。

❖ **位水溝**：從水溝。

❖ **閣會**：還會。

❖ **敢也會當**：是否可以。

❖ **天頂挽星**：天上摘星星。

1. 蜻蜓的特徵包括碩大的複眼，兩對強而有力的透明翅膀，以及修長的腹部，長約8厘米。
2. 蜻蜓通常在稚蟲（水蠆）棲息的湖泊、池塘、溪流或濕地附近活動。
3. 蜻蜓除了在樹枝停下時會以腳作停泊作用外，其他時候甚少運用到足部。

小典故

「田嬰」的謎題：「頭圓，尾直，六支腳，四隻翅。」是透過蜻蜓的外型，說明了蜻蜓的頭圓圓的，尾很直又有四隻翅膀，讓孩子去想像動物的型態。

小時候常在水溝邊或田園裡「揑田嬰」，時常看蜻蜓飛來又飛去，會隨口唸著：「田嬰飛啊飛，惟莊頭飛到莊尾，汝四界飛，阮四界揣，將汝掠入甕仔底。」

若我們看到蜻蜓的稚蟲，我們不會去抓牠，因此有句台灣諺語：「水乞食無人掠。」蜻蜓的這種稚蟲稱「水蠆」，因常伸出勺狀帶勾的下唇，像小乞丐伸手來攫食其他的水蟲或小魚等，故又稱「水乞丐」。小時候常抓蜻蜓，遇到這種蜻蜓的稚蟲，不想抓就說：「水乞食無人掠。」

動物知識通

田嬰：就是蜻蜓的別名通稱，蜻蜓依文獻記載有五千多種，台灣人通稱牠們為「田嬰」。

綠蜻蜓：生長在北美因顏色翠綠稱綠蜻蜓，屬於最大型的蜻蜓，多見於池塘與河流中。這種蜻蜓兩隻眼睛很大，並在頭部中間會合。

普通藍豆娘：體型小、身體纖細，靜止時翅膀疊放在背上。豆娘看起來十分纖弱，實際非常健壯，以植物上的小昆蟲為食物，將卵產在水生植物莖中。稚蟲通常在水中生活一年左右。

水蛙

水蛙　水蛙
汝是哮啥物貨？
呱　呱　呱呱
吵吵鬧鬧歹性地
水蛙仔子　水蛙仔子
汝著　斟酌聽
三更半暝的哮聲
彼喝聲　敢是恁阿娘？

Tsuí kue

Tsuí kue tsuí kue
Lí sī háu siánn mi̍h huè
Kuā kuā kuā kuā
Tsha tsha nāu nāu pháinn sìng tē
Tsuí kue á kiánn tsuí kue á kiánn
Lí tio̍h tsim tsiok thiann
Sann kinn puànn mî ê háu siann
He huah siann kám sī lín a niâ

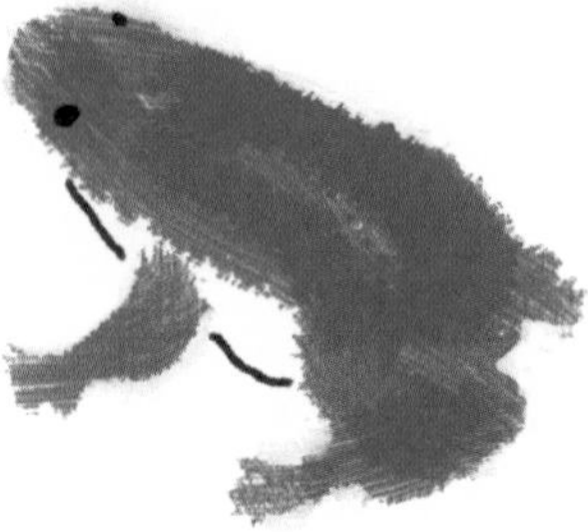

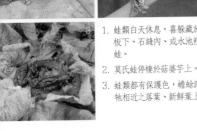

字詞解釋

❖ **汝是**：你是。

❖ **哮啥物貨**：叫什麼東西。

❖ **歹性地**：個性不好。

❖ **汝著**：你要。

❖ **斟酌聽**：仔細聽。

❖ **哮聲**：叫聲。

❖ **彼喝聲**：那叫聲。

❖ **敢是恁阿娘**：是不是你母親。

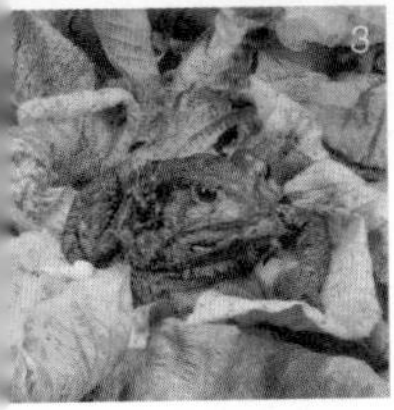

1. 蛙類白天休息，喜躲藏於落葉下、木板下、石縫內、或水池裡，圖為褐樹蛙。
2. 莫氏蛙停棲於菇婆芋上。
3. 蛙類都有保護色，蟾蜍蹲伏於顏色與牠相近之落葉、新鮮葉上隱藏。

小典故

每次我出去演講〈傳唱台灣文化〉或〈說唱台灣囡仔歌〉，喜歡介紹施福珍〈水蛙〉的囡仔歌：「水蛙仔子，出世肚大大，嘴闊闊，田中央，起厝滯，水蛙仔子，無人教，自然會唱歌。」另一首〈田蛤仔〉是：「一隻田蛤仔，嘴闊闊，目睭吐吐，腹肚大，三更半暝咧唸歌，刮刮刮刮……」用這兩首歌去說明青蛙的習性與生態。

小時候喜歡去田野中釣青蛙，也喜歡用「古井水蛙」去講那些沒有見識的人，不知道天有多大，是坐井觀天的水蛙，以爲天只有井口那麼大。在釣青蛙時，我會做一個謎題「我一支蹺蹺，你一個跳跳，我爲你相思，你爲我掛吊。」這是描寫釣青蛙的謎題。

小時候有一位喜歡說大話的朋友，說自己什麼事情都知道，但每次說都亂吹牛，我們就說他：「澎風水蛙刣無肉。」比喻只會吹噓的人，沒有什麼學識。

動物知識通

青蛙，是兩棲動物，青蛙在很早以前開始演化。因為青蛙是以昆蟲和其他無脊椎動物為主食，因此必須棲息於水邊。從蛙類的生活史就可以清楚地看到牠們的水陸兩棲性。牠們通常將卵產在水裡或水邊，幼體（蝌蚪）在水中發育並用鰓呼吸，成體則用肺呼吸並可以在陸地活動。

台灣的蛙類共有三十二種，分屬於五科：蟾蜍科、樹蟾科、狹口蛙科、赤蛙科及樹蛙科。蛙類屬於體溫隨環境溫度而變的外溫動物，一般而言，體溫的調節能力比較差。

毛蟹

細漢　去溝底掠毛蟹
掠起來溝邊　叫伊爬
毛蟹　實在有夠濟
即馬　阮去溝底
臭溝水　無魚嘛無蝦
揣無　半隻的毛蟹

Môo hē

Sè hàn khì kau té liàh môo hē
Liàh khì âi kau pinn kiò i pê
Môo hē sit tsāi ū káu tsē
Tsit má gún khì kau té
Tshàu kau tsuí bô hî mā bô hê
Tshuē bô puànn tsiah ê môo hē

字詞解釋

❖ **毛蟹**：螃蟹。
❖ **細漢**：小時候。
❖ **溝底**：水溝中。
❖ **掠**：捕抓。
❖ **叫伊爬**：叫牠用爬的。
❖ **夠濟**：很多。
❖ **即馬**：現在。
❖ **臭溝水**：水溝污染水發臭。
❖ **嘛無**：也沒有。
❖ **揣無**：找不到。

1. 網紋招潮蟹活動於濕地、沼澤區，也提供給南來北往候鳥的食物之一。
2. 螃蟹對於會動之物很敏感，圖為台灣招潮蟹。
3. 螃蟹棲息於廣大之沙灘、泥灘、岩礁、珊瑚礁等處，圖為網紋招潮蟹。

小典故

施福珍這首〈掠毛蟹〉的歌：「掠毛蟹來去掠毛蟹，大家行到大肚溪，大肚溪底毛蟹多，害阮乎伊咬一下。掠毛蟹來去掠毛蟹，透早行到海埔地，大家認眞掠毛蟹，攏總掠一飯籃，想到實在眞歹勢。……」這首歌共有四段，總共被咬了六下，介紹當年溪底有螃蟹的事實。

當年我在撰寫《尋找烏溪》與《烏溪的交響樂章》時，常到大肚溪去做田野調查，在溪底眞的有一些抓螃蟹的陷阱。有句台諺：「春蟳，冬毛蟹。」春天產蟳，冬天產螃蟹，每到冬天就能抓到許多螃蟹，補冬最好的膳食品。有一句歇後語：「毛蟹行。」意思是說不講理的人橫行霸道。

動物知識通

螃蟹屬於節肢動物門、甲殼綱、軟甲亞綱、十足目、爬行亞目、短尾部的種類，其軀體主要可分為頭胸部、腹部及附屬肢等三個部位。頭胸部是鑑定螃蟹首先常考慮的，如地蟹科、沙蟹科因生活於陸域或水陸交接之處，為克服呼吸問題，所以鰓部較發達，相對甲背也較為隆起。又為了在陸地上跑來跑去，所以步足好似穿上釘鞋，著名例子如兇狠圓軸蟹、角眼沙蟹。

通常螃蟹是「橫行」的，但頭胸甲甲寬小於或等於甲長的蟹種，是「直行」的，著名的例子如玉蟹科、和尚蟹科的螃蟹。螃蟹最引人注目的部分，螯足又可細分為長節、腕節、掌部等。如招潮蟹的螯足顏色多樣或斯氏沙蟹掌部內側有發音隆脊等等。螯足又可因功用不同而特化，如招潮蟹雄性雙螯特化成打架、求偶的大螯，以及覓食用的小螯。

魚

彼日　去飯店食日本料理
店頭家紹介　台灣鯛魚
伊講　即款魚
是台灣尙好的沙西米
阮詳細看　看詳細
原來是台灣出產的
吳郭魚
魚肉　實在眞幼膩

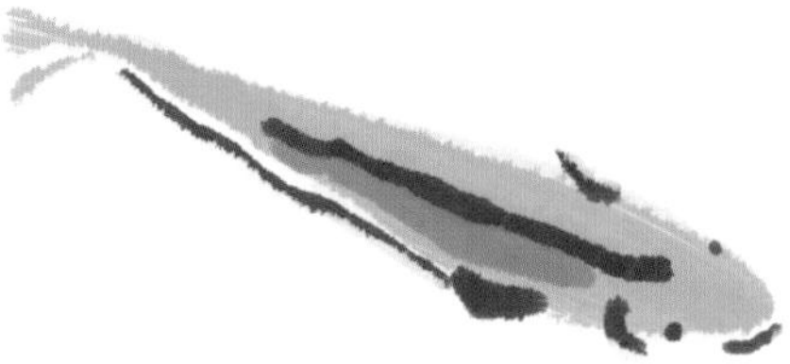

Hî

Hi̍t ji̍t khì pn̄g tiàm tsia̍h Ji̍t pún liāu lí
Tiàm thâu ke siāu kài Tâi uân tiau hî
I kóng tsit khuán hî
Sī tâi uân siōng hó ê sa si mih
Gún siông sè khuànn khuànn siông sè
Guan lâi sī Tâi uân tshut sán ê
gôo kuè hî
Hî bah si̍t tsāi tsin iù jī

字詞解釋

❖ **彼日**：那天。
❖ **店頭家**：店老闆。
❖ **紹介**：介紹。
❖ **伊講**：他說。
❖ **即款魚**：這種魚。
❖ **尚好**：最好。
❖ **吳郭魚**：魚名。
❖ **幼膩**：細嫩。

1. 吳郭魚，又稱台灣國寶魚或台灣鯛。
2. 河川裡的吳郭魚也是蒼鷺最愛的食物。

小典故

台諺有句：「魚還魚，蝦還蝦。」是講魚與蝦本來就不相干，不是同一品種，所以魚還是魚，蝦子還是蝦子，比喻沒有關係的意思。魚有句謎題說：「有翅飛毋起，無腳走千里。」就說明了魚的生態，不能飛，但可以游的很遠。

在當今社會的爲人處世上，常常有仗勢欺人，弱肉強食的現象。惡勢力常欺負善良人，但沒有權勢的人，也必須活下去，因此會有「大尾魚食細尾魚，細尾魚食蝦子，蝦子吃海波」這句話比喻以大欺小，與「頂司管下司，鋤頭管糞箕」是類似意思。

有一句名言：「魚爲奔波始化龍。」比喻人必須經過磨練，才能成大器，不經過磨練是無法成爲大器。

動物知識通

吳郭魚是紀念吳振輝及郭啟彰兩位先生，於一九四六年從新加坡將其引進來培養成功的魚類。吳郭魚引進台灣後大量養殖，其肉質稚嫩，雖然微有土腥味，但因其價格便宜，成為大眾食物蛋白質的重要來源。同時養殖的吳郭魚出口到歐美日本，產生了很大經濟效益，被稱為台灣國寶魚或台灣鯛。

這種吳郭魚在中國大陸，其中文名為羅非魚，源自其原產地：尼羅河、非洲。在香港，因其形狀和肉質像鯽魚而叫非洲鯽。在馬來西亞，其中文名為非洲魚，以牠為主要材料的著名料理是醬蒸非洲魚，咖哩魚頭，薑蓉非洲魚等，是當地常吃的魚類之一。在新加坡，叫「日本魚」。

貓

排未入十二生肖的
貓仔　尙愛
咬彼隻　排第一的貓鼠
貓鼠　聽無貓的腳步聲
開會決定掛一個玲瓏
佇貓的頷頸
毋知欲叫啥物人去掛？

Niau

Pâi buē ji̍p tsa̍p lī senn siùnn ê
Niau á siōng ài
Kā hit tsiah pâi tē it ê niau tshí
Niau tshí thiann bô niau ê kha pōo siann
Khui huē kuat tīng kuà tsi̍t ê lîng long
Tī niau ê âm kún
M̄ tsai beh kiò siánn mi̍h lâng khì kuà

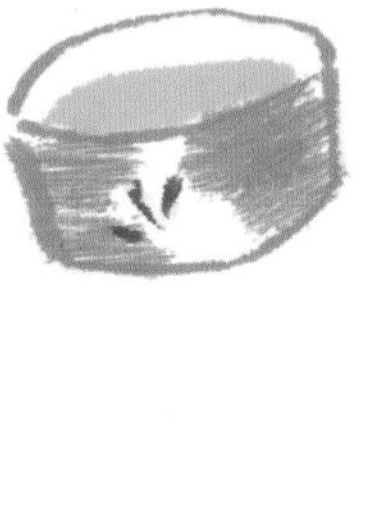

字詞解釋

❖ **排未入**：排不進去。
❖ **尚愛**：最愛。
❖ **咬彼隻**：咬那隻。
❖ **貓鼠**：老鼠。
❖ **聽無**：聽不到。
❖ **玲瓏**：鈴鐺。
❖ **佇**：在。
❖ **頷頸**：頸部。
❖ **毋知**：不知道。
❖ **欲叫**：要叫。
❖ **啥物人**：什麼人。

1. 貓成為全世界家庭中極為廣泛的寵物，飼養率僅次於犬。
2. 凝視中的貓。
3. 貓喜歡在溫暖與日光照射的地方休息。

小典故

以前農業社會家裡的小孩，是以大的來帶小的，父母親下田工作，做姊姊或哥哥就必須帶弟弟、妹妹，有時候姊姊的體重比弟弟輕，還要背弟弟，就產生這句：「三斤貓咬四斤貓鼠。」比喻負荷過重之意。

台灣人傳說：「貓來富，狗來起瓦厝。」如果有陌生的貓咪跑到家來，是一種好的預兆，這隻貓將會帶來財富，而陌生的狗來了，家中會蓋新房子，也是帶來好運。

另外台灣有一個不衛生的習俗：「死貓吊樹頭，死狗放水流。」農業社會，家裡養的貓死了，就必須要吊在樹頭，而狗死了也要放在河中，讓水流到海洋，這種壞習俗在今日社會已慢慢減少了。

動物知識通

貓是一種小型貓種動物，人類自古就有養貓的文化，傳說五千年前就馴養了貓，古埃及是養貓抓老鼠，防止五穀、果實、食物被鼠輩吃掉。

在台灣的混種貓稱為米克斯貓，取自英文的MIX音譯。米克斯貓也有花色和品種的分別，但不一定具有遺傳上的關係，如三色貓（玳瑁白色貓，那三色分別為黑、白、紅）、橘子貓（紅色虎斑短毛家貓）、虎斑貓、全白貓、全黑貓、普通玳瑁貓。

吉嬰

吉嬰　吉嬰　哮洌洌
凄凄凄的哮聲
敢是咧哭歹命
哮甲乎阮無心晟
熱天到　道大聲哮
害阮　未當睏中晝

Kit leh

Kit leh kit leh háu leh leh
Tshi tshi tshi ê háu siann
Kám sī leh kàu pháinn miā
Háu kah hōo gún bô sim tsiânn
Juåh thinn kàu tō tuā siann háu
Hāi gún buē tàng khùn tiōng tàu

動物知識通

吉嬰就是蟬的別名，也有人稱暗晡蟬，這種昆蟲叫聲吵雜，生活在樹上與灌木叢中。雄蟬藉由摩擦腹部的兩塊硬片發出聲音，那兩塊硬塊像盒子一樣，忽開忽合摩擦時發出聲尖銳的吱吱的聲音。

1. 紅脈熊蟬正背面有雄壯氣勢。
2. 台灣騷蟬停棲於枯木上不易被發現，保護色極佳。
3. 甲暮蟬正在吸食水分。

字詞解釋

❖ **吉嬰**：蟬的別名。
❖ **哮冽冽**：呼叫聲。
❖ **哮聲**：叫聲。
❖ **敢是**：是不是。
❖ **咧哭歹命**：在哭命運不好。
❖ **乎阮**：給我。
❖ **無心晟**：沒有心情。
❖ **道大聲哮**：就大聲叫。
❖ **未當**：不可以。
❖ **睏中晝**：睡午覺。

小典故

「吉嬰」有人稱「暗晡蟬」，彰化有一首傳統唸謠：「暗晡蟬，哮咧咧，哮哈事，哮欲嫁，嫁何位？嫁市仔尾，市仔尾無緣投，嫁水鬮，水鬮水裡泅，嫁石榴，石榴欲結籽，嫁老鼠，老鼠欲鑽孔，嫁釣魚翁，釣魚翁欲釣魚，嫁蟾蜍，蟾蜍欲伏蚊，嫁酒桶，酒桶欲貯酒，嫁掃帚，掃帚欲掃地，嫁賣雜細，賣雜細的搖鈴鐺，嫁覡公，覡公欲讀疏，嫁破布，破布欲補衫，嫁扁擔，扁擔欲擔草，嫁死狗，死狗人欲宰，嫁來嫁去，嫁一位老秀才。」

小時後我們會拿著塗有柏油的竹仔枝，到森林中去尋找蟬，聽蟬的鳴叫聲去找其蹤影，然後用柏油把牠黏下來，整個夏天幾乎都在做捕蟬的事情。

如今每天到我家後面的山徑去散散步，整個夏季都會聽到蟬的鳴叫，我就以蟬聲來洗耳朵，鳥聲與蟬鳴是走路散步，最愉快的享受，不會有汽車吵雜的喇叭，總會讓我想起小時候的蟬相關的事情。

鴨眉仔

一陣白色的菜鴨
走入稻仔園咧行踏
爭食稻穗起相咬
嘎　嘎　嘎　大聲喝
實在是枵飽吵
吵甲阮　無愛閣飼鴨

Ah bî á

Tsi̍t tīn pe̍h sik ê tshài ah
Tsáu ji̍p tiū á hn̂g leh kiânn ta̍h
Tsīnn tsia̍h tiū suī khí sio kā
Ka̍h ka̍h ka̍h tuā siann huah
Si̍t tsāi sī iau pá tshá
Tshá kah gún bô ài koh tshī ah

字詞解釋

❖**鴨眉仔**：小鴨子。

❖**一陣**：一群。

❖**菜鴨**：生蛋的鴨一般稱菜鴨。

❖**稻仔園**：水稻田。

❖**咧行踏**：在走動。

❖**爭食**：爭的吃。

❖**起相咬**：互相咬。

❖**嘎　嘎　嘎**：鴨子的叫聲。

1. 一般所飼養的鴨子，是由叫做「綠頭鴨」的野鴨，經人工培育繁殖而成的。
2. 綠頭鴨喜戲水。
3. 綠頭鴨（雌）帶著孩子游水。

❖**枵飽吵**：肚子餓吵鬧、吃飽也吵鬧。

❖**吵甲**：吵到。

❖**無愛閣**：不再。

❖**飼鴨**：養鴨。

小典故

我在做芳苑鄉的民間文學調查時，曾經訪問一位歌仔仙，他唱了一首〈飼鴨歌〉：「朋友笨憚愛飼鴨，暗時欲睏無洗腳；一頓食欲兩頓飽，加漲五分無精差；早時天光爬起看，看見西爿海合山；無帶簑衣合雨傘，彼時煩惱在心肝；觀看一工雨就到，心肝一時亂糟糟；揣無乾草煮中晝，中晝過了看下晡；西北落了萬善雨，乎阮無想卡袂苦；一時想到苦歸晡，看著風雨落袂盡；想到頭殼烏暗眩，煩惱歸暝無精神。」這首歌描寫養鴨的情形，後來我收入《彰化縣民間文學選集》中。

對一些不懂台語的人唱歌，他們總是有「鴨仔聽雷」的感覺，歌詞都聽不懂，但有些人喜歡台語的旋律，因爲台語的音調變化多，所以施福珍寫有一首歌叫做〈講話像唱歌〉談到「高高低低長短音，親像唱歌聲」是最好的詮釋。

動物知識通

鴨子本是從西伯利亞來的野鴨，被人飼養之後的家鴨，不會孵蛋，鴨子終年在水裡過活，長期生活在水中，身體的結構適應在水中生活的特點，如在體內許多地方及內臟周圍有很多脂肪、尾部有一對很發達的尾脂腺（尾脂腺會分泌油脂）、身體的表面又披著一層厚厚的不容易透水的羽毛。鴨子善於游水，因為有一雙蹼，用蹼滑水速度很快。

大象

大象的鼻　長　長　長
鼻仔會硬閣會軟
也提物件兼拍球
嘛會合人相握手
大象的腦　好記池
啥物代誌攏會記
毋知敢會曉唸歌詩？

Tuā tshiūnn

Tuā tshiūnn ē phīnn tn̂g tn̂g tn̂g
Phīnn á ê ngē koh ê nńg
Ia̍h theh mi̍h kiānn kiam phah kiû
Mā ê kah lâng sio ak tshiú
Tuā tsiūnn ê náu hó kì tî
Siánn mi̍h tāi tsì lóng ê kì
M̄ tsai kám ê hiáu liām kua si

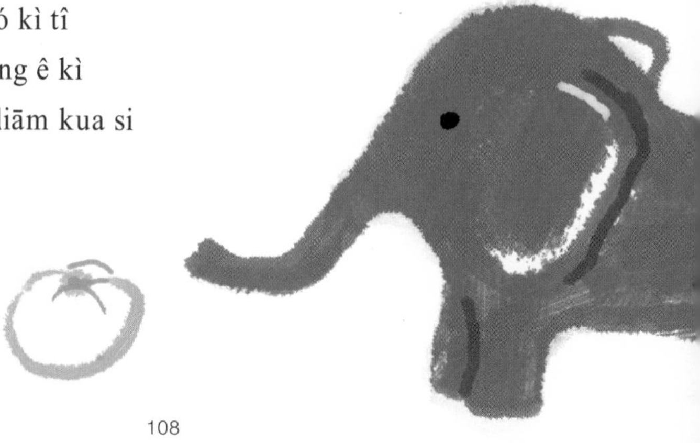

動物知識通

大象有兩種，亞洲象及非洲象，牠們有長長的鼻子，很靈活，鼻孔位於鼻子最頂端，鼻子除了呼吸、吸水洗澡、摘樹葉。巨大的身體，長了一對長牙，是動物中牙最長的，牙可以挖地找水、剝樹皮，又能抗擊敵人。

1. 亞洲象在南亞國家經常被馴服用來役使，在交通不便的森林地帶搬運木材等。
2. 大象和小象在優游漫步。
3. 大象天生愛水。

字詞解釋

❖ **會硬閣會軟**：會硬也會軟。
❖ **提物件**：拿東西。
❖ **嘛會合人**：也會與人。
❖ **好記池**：記憶力好。
❖ **啥物代誌**：什麼事情。
❖ **攏會記**：都會記得。
❖ **毋知**：不知道。
❖ **敢會曉**：會不會。

小典故

在網路上看到「大象也會復仇」的報導：英國《新科學家》雜誌曾公布科學家對大象行為進行的研究，令人大吃一驚：超群的記憶力和頑固的報復心，使大象復仇成為集體行為。曾有一部斯里蘭卡老電影，講述一頭小象向殺害母親的獵人報仇的故事。虛構的情節今天竟得到科學驗證。

在烏干達，科學家們發現，象群擋路、侵害村庄和踐踏庄稼的事件時有發生，這些看似毫無動機的舉動其實是記仇的大象，飽經人類長期虐待後的反擊。傳說有一處村莊遭到象群攻擊，造成人死屋毀的悲劇。倖存的村民反省，災難應肇因於人類為了伐木，侵占象群棲息地，以及屠殺大象奪取象牙，而造成「大象復仇」。

美國諺語：「An elephant never forgets.（大象永遠不會忘記！）」

說明大象記憶力極佳；人對牠們關愛與傷害，都會留下記憶。科學研究也證實大象靈敏的情感與記憶——人類屠殺成年的象，小象成了孤兒，性格會變得乖戾狂暴；而曾經目睹母象被殘殺的小象，也容易攻擊人類。

看樂譜
唱囡仔歌

暗光鳥

詞：康　原
曲：張怡嬅
唱：康　原

CD 1

♩= 100
暗光 鳥　三更半暝呱呱　呱呱　呱呱呱
兩蕊目睭發紅光　兩蕊目睭發紅光　漢寶 園 做眠 床
渡船 頭　好梳妝　暗 時　掠 魚　實在成好 耍
日 時　的暗光　鳥　睏 恬 白令絲 佪彼庄

青啼仔

詞：康　原
曲：張怡嬅
唱：康　原

CD 2

♩= 126

厝鳥仔

詞：康　原
曲：張怡嬅
唱：康　原

CD 3

♩= 77

厝鳥仔 翅圓圓 腳短短 厝邊頭尾 黑白 踅

即款鳥仔 佝介 濟 愛食稻仔穗 有人叫伊 稻鳥仔

南路鷹

詞：康　原
曲：張怡嬅
唱：康　原

CD 4

♩= 80

貓頭鳥

詞：康　原
曲：張怡嬅
唱：康　原

CD 5

燕仔

詞：康　原
曲：張怡嬅
唱：康　原

CD 6

卜卦鳥

詞：康　原
曲：張怡嫜
唱：蔡佳恩

CD 7

望冬丟仔

詞：康　原
曲：張怡嬅
唱：康原&張怡嬅

CD 8
♩= 80
Am C Am
草埔內 望冬丟仔 喵 喵 哮
Am C Am
聲 若 貓 身 是 鳥 卵 失若著 大 聲 哮
Am G Am G Am G Am G Am G C G
提欲 死 提欲 死 閣生無彼落 卵 提欲 死提欲 死 閣生無彼落 卵
Am G Am G Am G Am G Am C
提欲 死提欲 死氣死 汝著 賠 提欲 死提欲 死 氣死汝著 賠
C Am C C Am
氣死汝著 賠 灰 頭鶺鴒 人 人叫 汝 望冬丟仔
Am C C Am C Am
灰 頭鶺鴒 人 人叫 汝 望冬丟仔 望 冬丟仔

水鵁鴒

詞：康　原
曲：張怡嬅
唱：康　原

CD 9

釣魚翁

詞：康　原
曲：張怡嬅
唱：康　原

CD 10

♩= 92

Am C
翠鳥翠鳥　身軀細細　真乖巧　目睭金金
C Am G
揣目標　衝入水底　釣魚 姿勢真美 妙
Am
阮叫汝魚狗　抑 翠 鳥　掠魚 的鳥　釣 魚翁
C Am
掠著 魚仔　心 情 真 輕 鬆

白鴿鷥

詞：康　原
曲：張怡嬅
唱：張怡嬅

CD 11

♩= 95
白鴿鷥　腳長長　尚愛飛入　溪底合田　園
揣蟲掠魚　水中耍　歡歡喜喜　行入田中央
白鴿鷥　身白白　溪邊水窟　四界趖
溪邊水窟四界　趖　白鴿鷥　身白白
愛清氣又閣好性　地　田園魚塭　若家己的
白鴿鷥喙黃　黃　恁兜阮厝　離無遠　塭仔底的魚　未使損斷
若　無　阮欲用網　加汝當　阮欲用網　加汝當

黑喙筆仔

詞：康　原
曲：張怡嬅
唱：康　原

CD 12

♩= 100

水鴨

詞：康　原
曲：張怡嬅
唱：康　原

CD 13

♩= 120

西伯利亞 飛來的水鴨 毋驚死閣未驚拍

鴨母 上陸 來 搖搖擺擺 真可愛

上驚乎人掠去 刣

牛屎鳥仔

詞：康　原
曲：張怡嬅 • • • •
唱：康原&張怡嬅

CD 14

烏鶖

詞：康　原
曲：張怡嬅
唱：康　原

CD 15

♩= 125

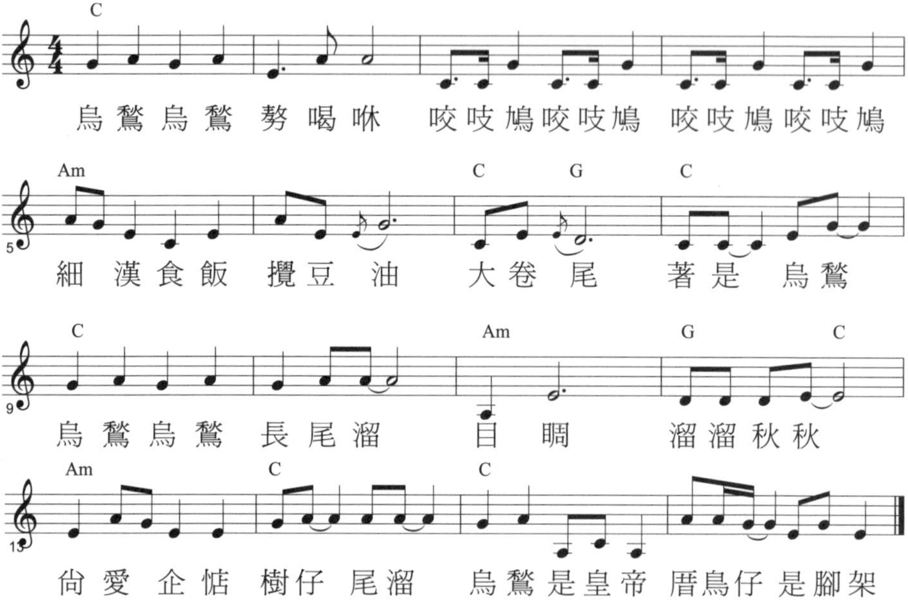

佝愛 企 恬 樹仔 尾溜 烏鶖是皇帝 厝鳥仔 是腳架

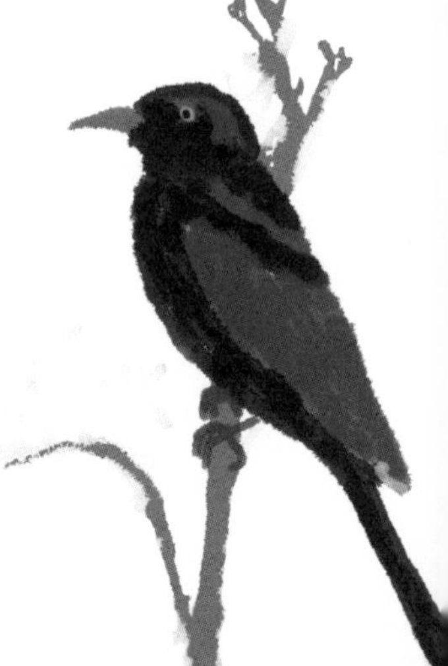

斑鴿

詞：康　原
曲：張怡嬅
唱：康　原

CD 16

♩= 100

透早 起床 聽著斑鴿聲 咕咕 咕咕 咕咕咕
細 漢阮將 粉鳥看 做斑 鴿 將鵪鴣看做烏 鴨
紅 鳩是斑鴿的 名 阮 尙愛聽 斑鴿 的 哮 聲
聽 著鳥仔 的聲 斟酌 來想 伊的 名

鵁鴒

詞：康　原
曲：張怡嬅
唱：康　原

CD17

♩= 94

白頭殼仔

詞：康　原
曲：張怡嬅
唱：康原&張怡嬅

CD 18

白頭殼仔　白頭殼仔　勢　喝咻　喝　欲食
巧　克　力　巧　克　力　巧　克　力　巧　克　力

白頭殼　人攏稱乎恁是　都市三劍客　愛食水果

楊　桃　合　番　茄

蒼鷺

詞：康　原
曲：張怡嬅
唱：康原&張怡嬅

CD 19

粉紅鸚嘴

詞：康　原
曲：張怡嬅
唱：張怡嬅

CD 20

白腹秧雞

詞：康　原
曲：張怡嬅
唱：張怡嬅

CD 21

黃頭鷺

詞：康　原
曲：張怡嬅
唱：張怡嬅

CD 22

♩= 58
黃 頭 鷺 一 般的人 嘛 叫 汝
白 鴒 鷥 你 愛 企 惦 水 牛 邊
等牛食草 蟲飛去 汝著啄 蟲 去分房
閣有人叫汝 牛背鷺 袂騎 牛 企佇 牛的身軀邊
牛合汝 親像是共 生

鴛鴦

詞：康　原
曲：張怡嬅
唱：魏文章

CD 23

♩= 62
C
鴛 鴦 鴛 鴦 汝 真 媠
Am Am C Am
出門 雙雙 對 對 泅 水 嘛是結做堆
C
鴛 鴦 鴛 鴦 真 古 錐
C C
有 一 工 汝若無對 頭 敢 會
G C
忘 怙 水 底 嬰 嬰 哭

伯勞

詞：康　原
曲：張怡嬅
唱：魏文章

CD 24
♩= 100

Am C G
伯勞伯勞愛風騷　透早到暗黑白趖
Dm Am Dm
無注意　乎人掠去食迢迢
G Am
看人　食鳥仔巴
Am
阮著　心糟糟
阮著　心糟糟

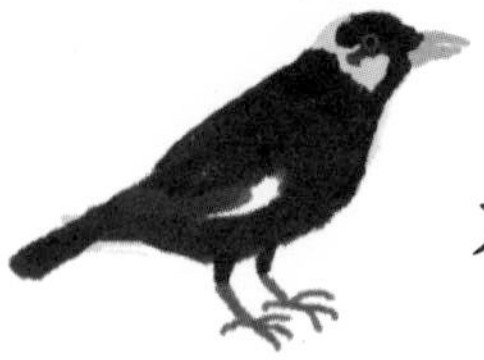

九官鳥

詞：康　原
曲：張怡嬅
唱：張怡嬅

CD 25

♩= 66

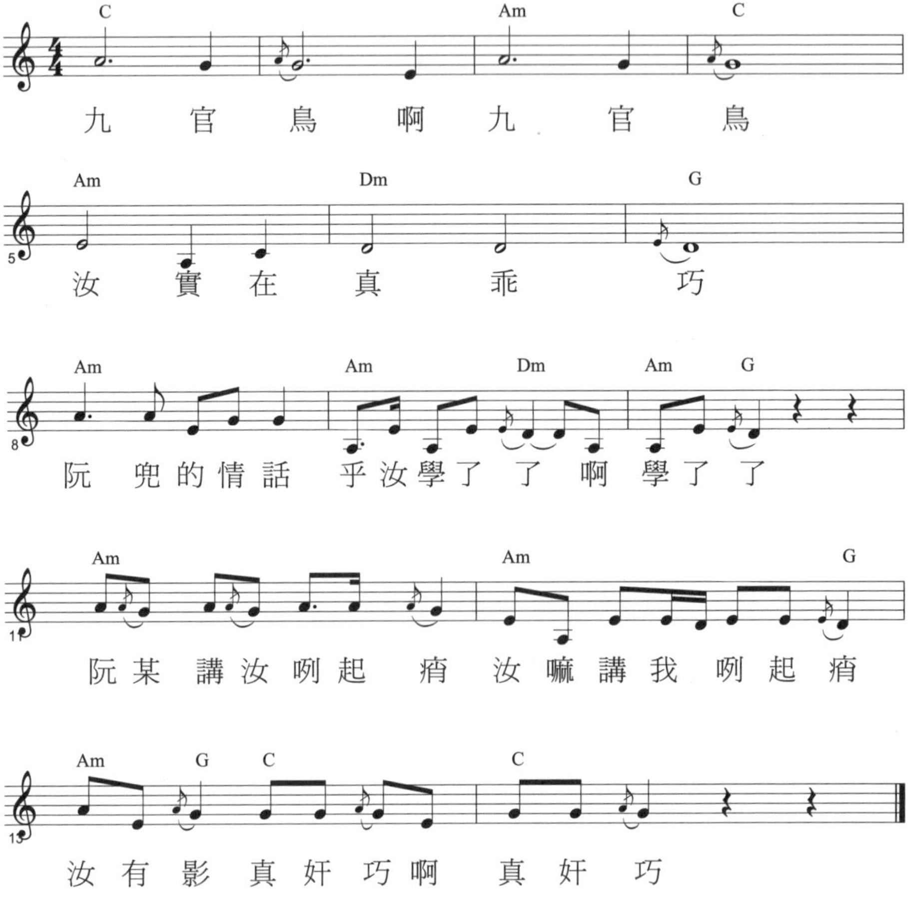

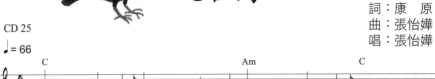

貓鼠

詞：康　原
曲：張怡嬅
唱：張怡嬅

CD 26

♩= 75

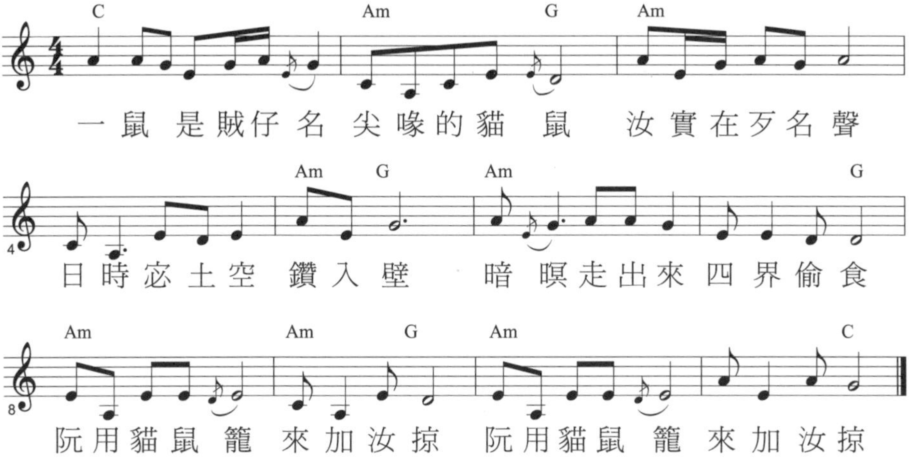

阮用貓鼠 籠 來加汝掠 阮用貓鼠 籠 來加汝掠

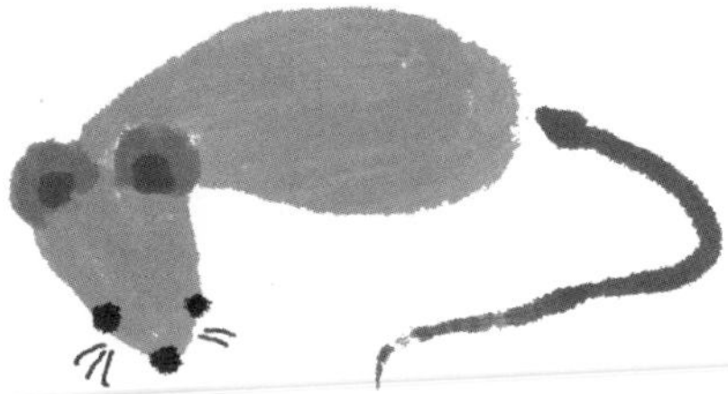

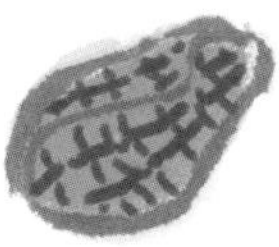

水牛

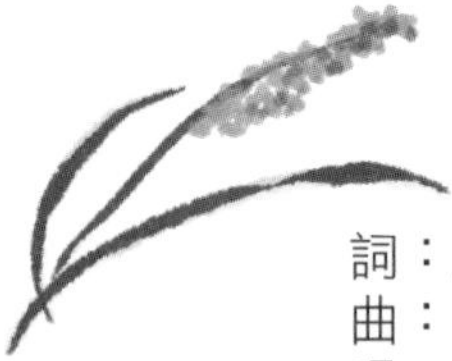

詞：康 原
曲：張怡嬅
唱：康原&張怡嬅

CD 27

♩= 60

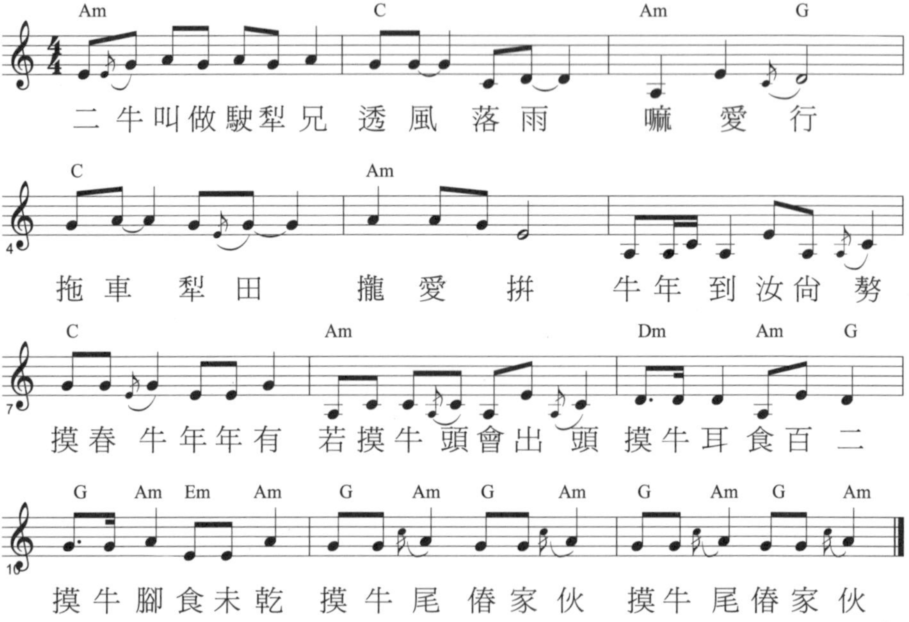

摸牛腳食未乾 摸 牛 尾 倖家 伙 摸牛 尾倖家 伙

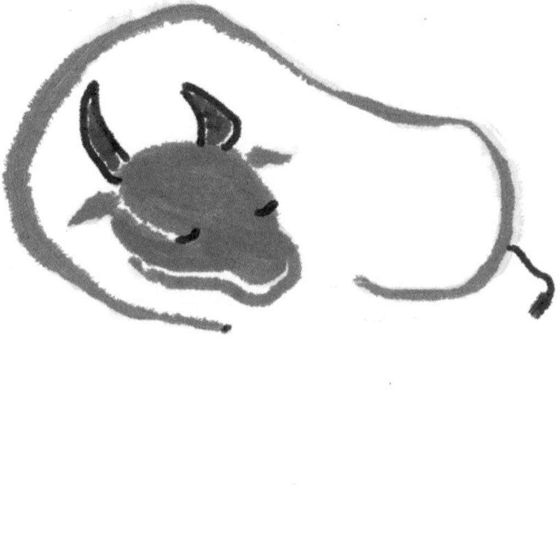

虎

詞：康　原
曲：張怡嬅
唱：康原&張怡嬅

CD 28

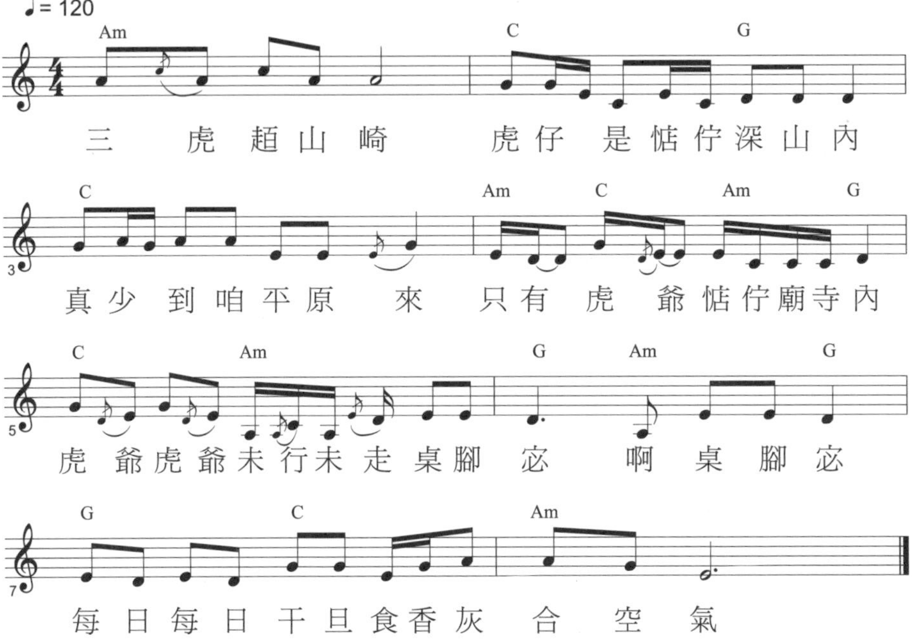

兔仔

詞：康　原
曲：張怡嬅
唱：張怡嬅

CD 29

♩= 95

Am
兔 仔 欲 去 遊 京 城
C
身 軀 白 泡 泡 真 好 命
Am C G
龜 是 汝 的 朋 友 亦 親 晟
Am Dm
兔 仔 合 龜 相 招 去 走 標
Em Dm F Am G Am
兔 仔 半 路 咧 盹 龜 結 果 兔 仔 煞 來 走 輸 龜

青龍

詞：康　原
曲：張怡嬅
唱：廖妍綾

CD 30

♩= 50

青龍 敢是皇帝命 皇帝伊是 天星來出 世
龍身阮攏 毋捌看著伊 只有 看著 龍柱企廟 寺
台灣的龍 攏咧遊街市 世間無人 知影 青龍佗位 去
阮來講乎 汝知機 龍飛上天 的代誌一切 攏是虛

蛇

詞：康　原
曲：張怡嬅
唱：張怡嬅

馬

詞：康　原
曲：張怡嬅
唱：張怡嬅

CD 32

羊

詞：康　原
曲：張怡嬅
唱：蔡佳恩

CD 33

♩= 90

Dm Am G Am G
羊仔尚愛 食青草 食無伊著 咩咩咩咩咩咩 哮
6
Am Dm F G Am
囡仔兄斟酌聽 自細 漢羊仔 溫柔 閣友孝 食奶 攏是跪咧吸
11
C Am
誠心 誠意 感謝阿娘 的身 軀

猴

詞：康　原
曲：張怡嬅
唱：張怡嬅

CD 34

♩= 90
C
Am
C
阿猴阿猴　出世　學吊樹頭
Dm
C
Am
G
Am
C
樹仔　頂　溜溜走　溜溜　走　有時　嘛會車糞斗
Am
G
Am
C
Am
C
彼隻阿猴　愛婧　格緣投　愛婧　格緣投

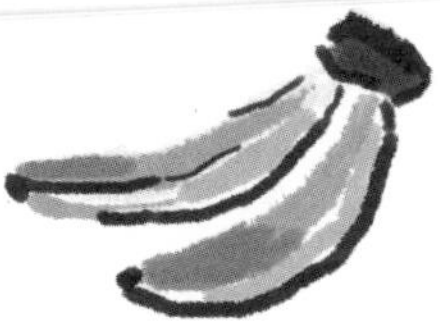

雞

詞：康　原
曲：張怡嬅
唱：張怡嬅

CD 35

♩= 63

狗

詞：康　原
曲：張怡嬅
唱：魏文章

CD 36

♩= 90

豬

詞：康　原
曲：張怡嬅
唱：張怡嬅

CD 37

♩= 62
Am C Am C Am
大隻豬是菜刀命　對伊講　伊嘛毋驚
Dm Am Am Em C G Am C
無食伊著會出聲　哀哀哮　喝歹命
Am G Am F Am
食飽睏　睏醒食　有奶著是伊的阿娘

鵝

詞：康　原
曲：張怡嬅
唱：張怡嬅

CD 38

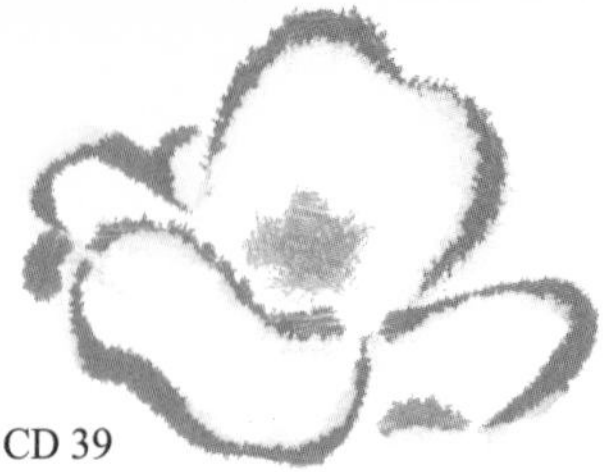

田嬰

詞：康 原
曲：張怡嬅
唱：魏文章

CD 39

♩= 100

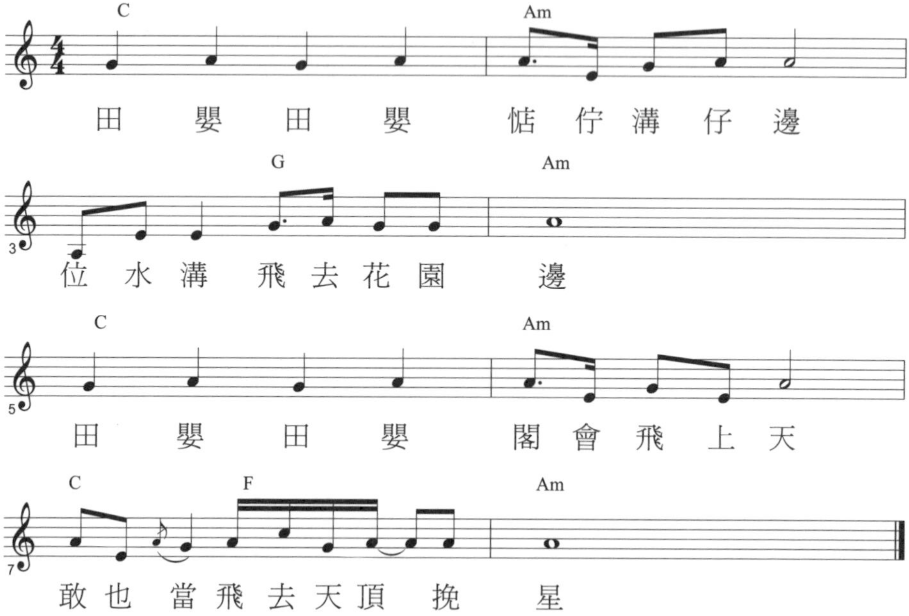

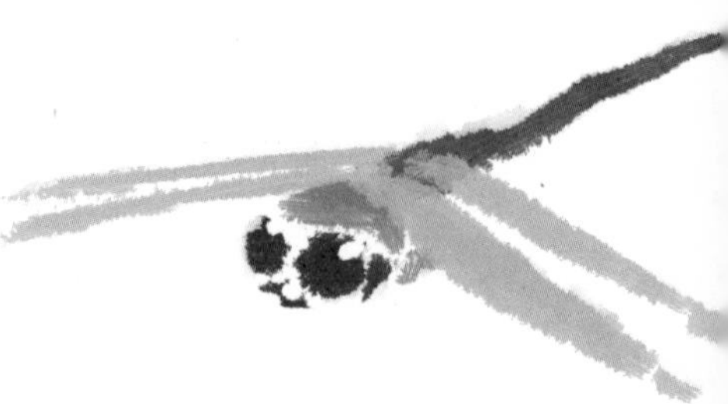

水蛙

詞：康　原
曲：張怡嬅
唱：魏文章

CD 40

♩= 93
Am　Em
水　蛙　水　蛙　汝　是　哮　啥物貨
Am　F　F　Am
呱　呱　呱呱　呱呱　呱　呱　呱　呱　呱
Am　G　Am　G
吵　吵　鬧　鬧　歹　性　地　吵　吵　鬧　鬧　歹　性　地
Am　G　Am　G　Am
水　蛙仔　子　水　蛙仔　子　汝著斟酌聽
C
三更半暝的哮聲　彼　喝　聲　敢是　汝阿　娘

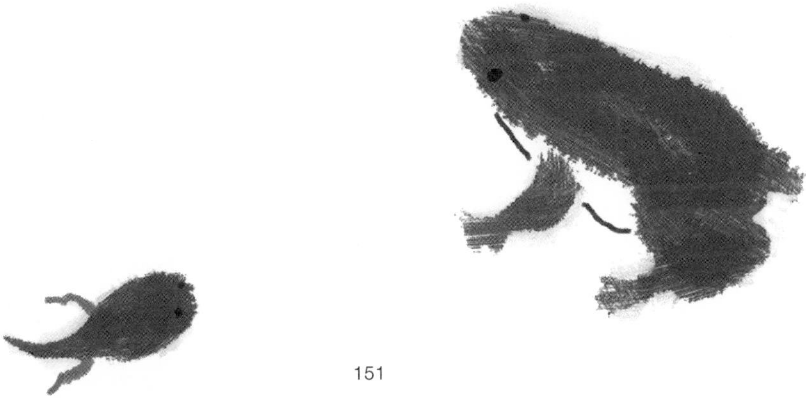

毛蟹

詞：康　原
曲：張怡嫜
唱：張怡嫜

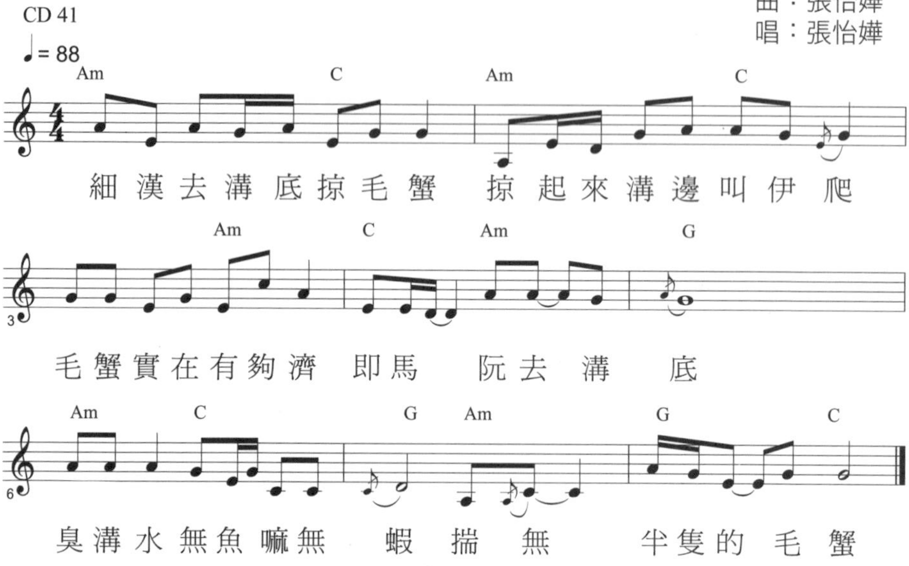

魚

詞：康　原
曲：張怡嬅
唱：張怡嬅

CD 42
♩= 66

貓

詞：康　原
曲：張怡嬅
唱：張怡嬅

CD 43

♩ = 60

吉嬰

詞：康　原
曲：張怡嬅
唱：張怡嬅

CD 44

♩= 66

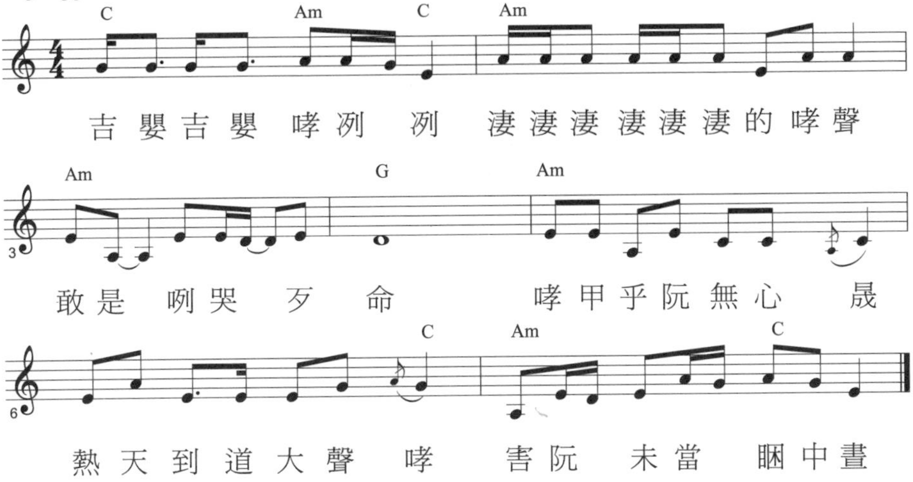

吉嬰吉嬰 哮冽 冽 淒淒淒淒淒淒的哮聲

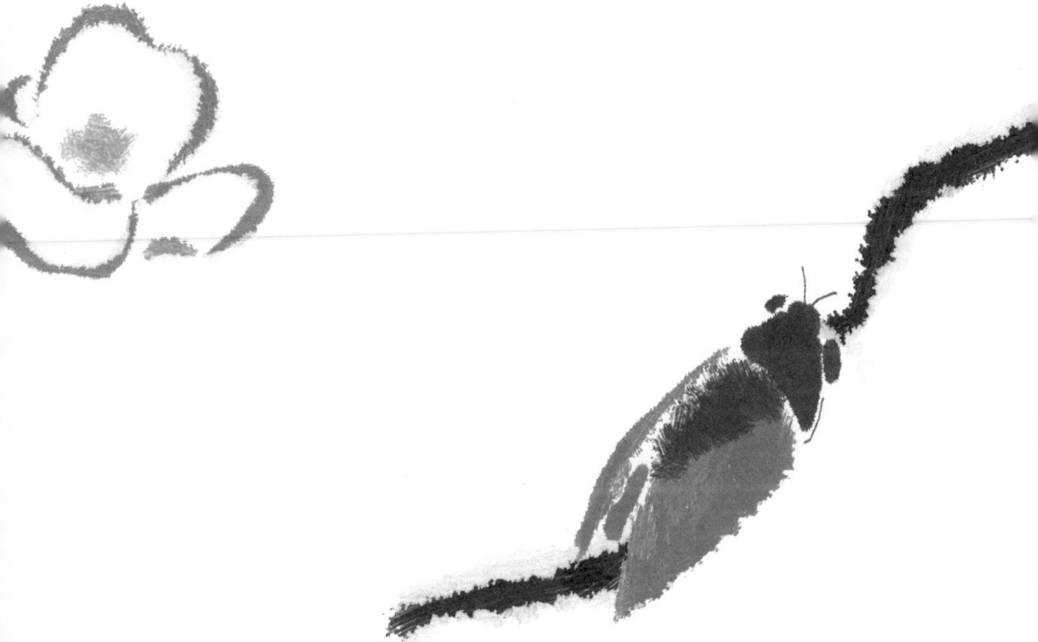

鴨眉仔

詞：康　原
曲：張怡嬅
唱：張怡嬅

CD 45

♩= 120

大象

詞：康　原
曲：張怡嬅
唱：張怡嬅

CD 46

♩= 90

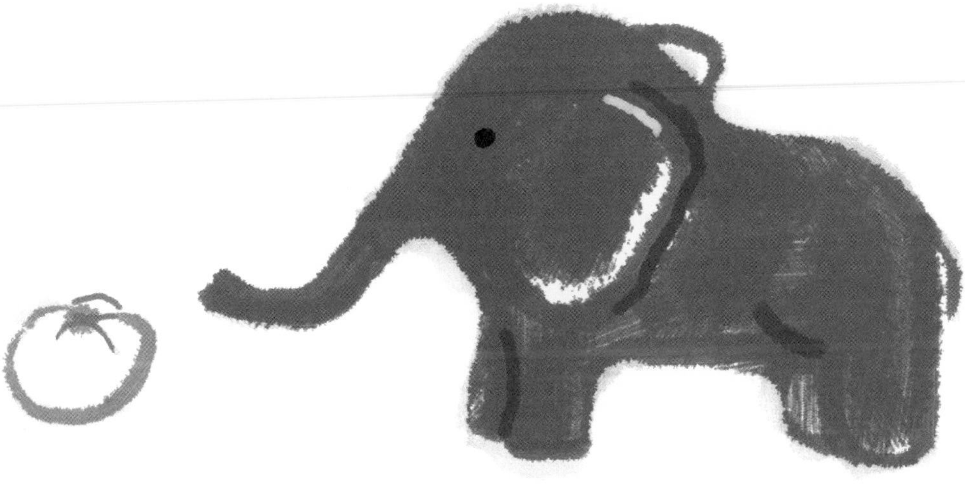

逗陣來唱囡仔歌 I——台灣歌謠動物篇／康原著；
張怡嬅譜曲 .—— 初版 .—— 臺中市：晨星，2010.02
面； 公分 .——（小書迷；15）

ISBN 978-986-177-312-4（平裝附 CD）

863.59 98015760

小書迷 015

逗陣來唱囡仔歌 I——台灣歌謠動物篇

作者	康 原
譜曲	張怡嬅
主編	徐惠雅
編輯	洪伊柔
台語標音	謝金色
繪圖	李桂媚
攝影	林英典（P16～65、P71、P79、P85圖1、P95～99、P101圖2、P105）
美術編輯	Sharon 陳、施敏樺
發行人	陳銘民
發行所	晨星出版有限公司 台中市 407 工業區 30 路 1 號 TEL：04-23595820 FAX：04-23550581 E-mail：morning@morningstar.com.tw http：//www.morningstar.com.tw 行政院新聞局局版台業字第 2500 號
法律顧問	甘龍強律師
承製	知己圖書股份有限公司 TEL：04-23581803
初版	西元 2010 年 02 月 20 日
總經銷	知己圖書股份有限公司 郵政劃撥：15060393 〈台北公司〉台北市 106 羅斯福路二段 95 號 4F 之 3 TEL：02-23672044 FAX：02-23635741 〈台中公司〉台中市 407 工業區 30 路 1 號 TEL：04-23595819 FAX：04-23597123

定價 350 元

ISBN：978-986-177-312-4
Published by Morning Star Publishing Inc.
Printed in Taiwan

◆讀者回函卡◆

以下資料或許太過繁瑣，但卻是我們瞭解您的唯一途徑
誠摯期待能與您在下一本書中相逢，讓我們一起從閱讀中尋找樂趣吧！

姓名：＿＿＿＿＿＿＿＿ 性別：□男 □女 生日： / /

教育程度：＿＿＿＿＿＿

職業：□學生 □教師 □內勤職員 □家庭主婦
□SOHO族 □企業主管 □服務業 □製造業
□醫藥護理 □軍警 □資訊業 □銷售業務
□其他＿＿＿＿＿＿＿＿

E-mail：＿＿＿＿＿＿＿＿＿＿ 聯絡電話：＿＿＿＿＿＿＿＿

聯絡地址：□□□＿＿＿＿＿＿＿＿＿＿＿＿＿＿＿＿

購買書名：逗陣來唱囡仔歌 I ——台灣歌謠動物篇

・本書中最吸引您的是哪一篇文章或哪一段話呢？＿＿＿＿＿＿＿＿

・誘使您購買此書的原因？

□於＿＿＿＿書店尋找新知時 □看＿＿＿＿報時瞄到 □受海報或文案吸引
□翻閱＿＿＿＿雜誌時 □親朋好友拍胸脯保證 □＿＿＿＿電台 DJ 熱情推薦
□其他編輯萬萬想不到的過程：＿＿＿＿＿＿＿＿＿＿＿＿

・對於本書的評分？（請填代號：1. 很滿意 2.OK 啦 3. 尚可 4. 需改進）

封面設計＿＿＿＿ 版面編排＿＿＿＿ 內容＿＿＿＿ 文／譯筆＿＿＿＿

・美好的事物、聲音或影像都很吸引人，但究竟是怎樣的書最能吸引您呢？

□價格殺紅眼的書 □內容符合需求 □贈品大碗又滿意 □我誓死效忠此作者
□晨星出版，必屬佳作！□千里相逢，即是有緣 □其他原因，請務必告訴我們！
＿＿＿＿＿＿＿＿＿＿＿＿＿＿＿＿＿＿＿＿＿＿＿＿

・您與眾不同的閱讀品味，也請務必與我們分享：

□哲學 □心理學 □宗教 □自然生態 □流行趨勢 □醫療保健
□財經企管 □史地 □傳記 □文學 □散文 □原住民
□小說 □親子叢書 □休閒旅遊 □其他＿＿＿＿＿＿＿＿

以上問題想必耗去您不少心力，為免這份心血白費

請務必將此回函郵寄回本社，或傳真至（04）2359-7123，感謝！

若行有餘力，也請不吝賜教，好讓我們可以出版更多更好的書！

・其他意見：

晨星出版有限公司 編輯群，感謝您！

請填妥對折裝訂，直接投郵即可，免貼郵票

廣告回函
台灣中區郵政管理局
登記證第 267 號
免貼郵票

407
台中市工業區 30 路 1 號
晨星出版有限公司

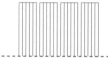

請沿虛線摺下裝訂，謝謝！

更方便的購書方式：

(1) 網站：http://www.morningstar.com.tw
(2) 郵政劃撥　帳號：15060393
　　　　　　　戶名：知己圖書股份有限公司
　請於通信欄中註明欲購買之書名及數量
(3) 電話訂購：如為大量團購可直接撥客服專線洽詢

◎ 如需詳細書目可上網查詢或來電索取。
◎ 客服專線：04-23595819#230　傳真：04-23597123
◎ 客戶信箱：service@morningstar.com.tw